恋的张望

副刊主编与
文化名家

李培禹 著

人民日报出版社
北京

图书在版编目（CIP）数据

留恋的张望：副刊主编与文化名家 / 李培禹著 .
北京：人民日报出版社，2024.12. -- ISBN 978-7
-5115-8577-6

Ⅰ.I267

中国国家版本馆 CIP 数据核字第 2025G60F30 号

书　　名：留恋的张望——副刊主编与文化名家
　　　　　LIULIAN DE ZHANGWANG——FUKAN ZHUBIAN YU WENHUA MINGJIA
著　　者：李培禹

出 版 人：刘华新
责任编辑：陈　红　周玉玲
封面设计：刘　远

出版发行：人民日报出版社
社　　址：北京金台西路 2 号
邮政编码：100733
发行热线：（010）65369527　65369509　65369512　65363531
邮购热线：（010）65369530　65363527
编辑热线：（010）65369844
网　　址：www.peopledailypress.com
经　　销：新华书店
印　　刷：北京盛通印刷股份有限公司
法律顾问：北京科宇律师事务所　010-83622312

开　　本：880mm×1230mm　　1/32
字　　数：190 千字
印　　张：11
版次印次：2025 年 5 月第 1 版　　2025 年 5 月第 1 次印刷

书　　号：ISBN 978-7-5115-8577-6
定　　价：68.00 元

如有印装质量问题，请与本社调换，电话（010）65369463

留恋的
张望

目
录

王洛宾

"全世界华人的伟大歌者"的老艺术家，阔别京城半个世纪后重回故里，在北京度过了最后时光。为了纪念这位不同寻常的音乐家，也为了海内外无数喜爱他歌曲的朋友们，我谨以笨拙的笔，完成这篇文章，了却一桩心愿，告慰洛宾老人。

留恋的张望

1995年夏天，82岁的"西部歌王"王洛宾在北京度过了他艺术生涯60周年的喜庆日子。在那段日子里，这位充满传奇色彩的老艺术家走进京城的小胡同，找寻他童年的梦，并与神交已久的著名老诗人臧克家惺惺相惜……

作为20年前的亲历者，作为洛宾老人信任的一个晚辈朋友，我忽然意识到，那段日子是这位生于北京、长于北京，被誉为"全世界华人的伟大歌者"的老艺术家，阔别京城半个世纪后重回故里，在北京度过的最后时光啊。为了纪念这位不同寻常的音乐家，也为了海内外无数喜爱他歌曲的朋友，我谨以笨拙的笔，完成这篇早该写出的文章，了却一桩心愿，告慰洛宾老人。

第一次也是最后一次登上首都舞台，倾倒全场观众

那是 1995 年初，一个大雪纷飞的日子，我到新疆采访，顺便拜访了仰慕已久的王洛宾先生。我的朋友、新疆著名作家李桦是洛宾老人的挚友。也许是好友引见的缘故，那天，洛宾老人十分高兴，拉上我们到一家正宗新疆风味的餐厅吃饭。饭后我们一起回到他的寓所，老人带我看他用于创作的房间，还有台湾作家三毛住过的卧室。谈着谈着，老先生竟把埋藏在他心中多年的一件大事托付给我：他希望在北京度过他艺术生涯 60 周年的喜庆日子，他希望在首都的舞台上和喜爱他歌曲的朋友们见见面。

王洛宾在艺术生涯60周年纪念演出中登台表演（左为颜丙燕，中为鲍蕙荞）

　　我是带着一位具有传奇色彩、坎坷经历，已经82岁高龄的老艺术家的重托回到北京的。

　　一位拥有那么多优秀作品的音乐家，何以把"登上首都舞台"看得如此重呢？

　　由于王洛宾青年时代即投身大西北，钟情西部民歌到了痴迷的状态，一生搜集、整理、翻译、编配、创作了近千首西部民歌。许多歌曲被传唱半个世纪后，人们才知道在这些优美动听的旋律后面，站着一位"传歌者"（王洛宾语）。当时，由于种种原因，洛宾老人沉陷于一场无端的"版权纠纷"之中，甚至有人把"抄袭""剽窃"的污水往他身上泼。然而老人始终采取沉默的态度，他不止一次地说："版权不是

王洛宾在乌鲁木齐家中
与本文作者交谈

争来的，人民喜欢我的歌，这就够了。"

　　喜欢他歌的人实在是太多了。荀永利就是其一，他是第一个支持并始终参与音乐会筹办全过程的"铁杆"朋友。许多著名艺术家、中青年演员都十分感佩洛宾老人的艺术人生，积极参与策划、排练。记得我和我的好友、军旅作家褚银，晚上来到著名钢琴家鲍蕙荞的家，她虽正忙得不可开交，仍热情地接待了我们。鲍老师诚恳地说："老艺术家把一辈子都献给我们的民族音乐，太不容易了。我熟悉、喜爱他的歌，我愿意给他伴奏，你们放心吧。"创作一贯严谨的鲍蕙荞老师几天后就完成了钢琴伴奏谱，并邀请王洛宾到她的钢琴城去合伴奏。那天，两位优秀音乐家的手紧紧相握，排

留恋的
张望

练过程十分愉快。有意思的是，在表演唱《赶巴扎》中扮演"孙女"的北京歌舞团青年演员颜丙燕灵气十足、唱跳俱佳，得到两位大艺术家的称赞。王洛宾说，这小姑娘是和我合作过的"孙女"中最好、最可爱的一个。鲍蕙荞则派人买来冷饮让"孙女"吃，颜丙燕一手举着冰棍儿，一手做动作，把大家都逗笑了。

1995年6月30日，北京展览馆剧场前的广场上，升起了由彩色气球牵引的巨幅标语，"祝贺王洛宾艺术生涯六十周年"的红色大字格外引人注目。19：15，随着《半个月亮爬上来》那熟悉的旋律响起，文艺晚会拉开了帷幕。文化部老干部合唱团、解放军军乐团、北京歌舞团、北京舞蹈学院以及杨鸿基、蒋大为、韩芝萍、鲍蕙荞、李雪健、范圣琦、杭天琪等艺术家的精彩表演，让整场晚会高潮迭起。尤其是82岁的洛宾老人亲自登台，在鲍蕙荞的伴奏下，原汁原味地演唱了歌词长达5段的《在银色的月光下》和在伊犁刚刚创作的《蓝马车》两首歌，现场爆棚。再次登场时，他带着"孙女"载歌载舞，那迷人的艺术风采，更是倾倒了全场观众……

演出结束后，大家都不愿意散去。众演员一呼百应，几乎一个不落地参加了庆祝晚宴。大家纷纷举杯，祝贺王洛宾艺术生涯 60 周年，祝愿老人健康长寿。李雪健说："我带头唱一个吧，然后每个桌出一个代表。"于是，掌声四起。他刚唱完，蒋大为便接过话筒。依次，韩芝萍、杨鸿基来了个二重唱。主持人阚丽君也兴致勃勃地上来了，她说，我是学声乐的，也会唱……

我看到"西部歌王"的眼睛有些湿润，银灰色的胡子微微颤动，老人完全沉浸在幸福之中了……

不久，北京电视台在黄金时间播出了《在那遥远的地方》文艺晚会录像。

7 月底，我接到洛宾老先生自乌鲁木齐寄来的邮政快件——

培禹好友：

北京音乐会很成功，再次向你感谢。厦门之行，收获也不小，最大的满足，是广大观众都很喜欢我，一个观众在我为他签名之后，郑重地说："王先生，我今天理解三毛为什么喜欢你。"这说明这位观众是很喜欢我的，这句话同时也是对我艺术的评价。

留恋的
张望

在厦门为臧克家先生的诗谱了一曲，有机会费神转给他老，并带问好……

前天凌晨才飞返乌鲁木齐，手忙脚乱，下次再谈。

祝福！

洛宾

七月二十八日

信不长，只有一页稿纸，却有一半文字谈到了"观众"。其实，我上面的文字，已替王先生做了注解。我曾就"版权之争"的困扰这个问题问他："为什么不用法律的手段来保护自己？"老人淡然一笑，给我讲起这样一件事：在纽约联合国总部举办的王洛宾作品音乐会上，他被鲜花和掌声包围着。突然，一位抱着孩子的女士跑到台上来，孩子吻了他之后，这位女士也亲吻了他，在他的脸上留下唇印。老先生风趣地摸了摸腮边，仿佛那唇印犹在，然后朗声说道："这，就是我的版权！"

在老艺术家看来，"观众很喜欢"，就是对他艺术的最高评价。

王洛宾与臧克家：两位世纪老人的会面

洛宾老给我的信中，谈到为著名老诗人臧克家的诗谱曲的事，这也是值得记下来的一段佳话。

1913 年 12 月 28 日，王洛宾出生在老北京的一条小胡同里，从 20 世纪 30 年代他离开北京师范大学音乐系、投身西北战地服务团起，到再回北京，已经是半个世纪了。然而，难以割舍的老北京情怀，却时时萦绕着他。

庆贺艺术生涯 60 周年音乐会举办后的一天，我们伴着他在一条条小胡同里信步走着，从朝阳门外一直步入朝阳门里的南小街。走着走着，我忽然发现，我们竟来到了赵堂子胡同，著名诗人臧克家的院落前。这散步的"意外"，像是老天冥冥之中的安排，促成了两位世纪老人的会面。

我知道，那时已 91 岁高龄的臧老近年身体一直不太好，极少会客，我很久不忍上门打扰了。可这天，我还是按响了那扇朱红色大门上的电铃。来开门的是臧老的夫人郑曼，她热情地把我让进院里。我犹豫了一下，说："今天，我陪王洛宾逛逛北京的胡同，路过这儿，想见见臧老，不知……"

"王洛宾？西部歌王？王先生在哪儿？快请进。"郑曼热情地搀扶着洛宾老人，一边带我们走进客厅，一边说："昨晚电视新闻里播了，我们都看到了，老先生从艺60年，很不容易。怎么能不见呢？"

我们在宽敞明亮的客厅落座后，郑曼去臧老的书房兼卧室通报。这时，臧老的小女儿苏伊一家三口过来向王先生问好，苏伊可爱的小女儿文雯连声叫："西部歌王爷爷好！"苏伊说："我们全家都喜欢您的歌，今天能见到您，真没想到，真高兴。"

一会儿，臧老从书房走出来，向王洛宾伸出了双手。王洛宾迎上前去，两位饱经沧桑的老人，20世纪杰出的诗人与歌者的双手，紧紧地握在一起。

王洛宾说："我在北京师范大学念书时就读您的诗，《老马》《春鸟》等名篇，现在还能背得出来。"臧克家说："当年我在大西南。你在西北战地服务团吧？50多年了……你那么多的民歌，是歌，也是诗。"

郑曼为我们沏上浓浓的香茶，然后嘱咐老伴："心脏不好，不要太激动啊。"臧老挥挥手，说："不要紧，我们慢慢聊。"他关切地问起王洛宾的身体，王洛宾说："3月份刚做了胆切除手术，现在不错，昨天还在舞台上表演，一连唱了

3首歌。"我向臧老介绍了文艺晚会的盛况，并说："北京电视台录了像，很快会播出。"臧老很感兴趣地表示"到时我要看看"。

在一旁的臧老小孙女，这时拉着"西部歌王爷爷"的手说："爷爷，表演一个节目吧！行吗？"苏伊马上把她拉过去。王洛宾老人却笑了，风趣地说："请客人表演，你得先表演，怎么样？"不想，小姑娘一点也不发怵，说："好吧。"她眨了眨眼睛，问妈妈："唱哪个歌？"苏伊说："就唱你平时爱唱的王爷爷的歌吧。""好吧。"于是，小姑娘带着表演动作，唱了起来——

掀起你的盖头来

让我看看你的眉

你的眉毛细又长啊

好像那树梢的弯月亮

……

童声童趣，给两位老人带来很大的快乐，大家鼓起掌来。臧克家说："你的歌有翅膀，很多人都会唱。"

留恋的
张望

王洛宾老人拿出一本中国文联出版公司出版的《纯情的梦——王洛宾自选作品集》，翻开扉页，在上面写了"臧克家艺兄指正 洛宾1995年7月1日"，送给老诗人。臧老让夫人取来新近再版的《臧克家诗选》，也在扉页上写下"洛宾艺兄存正 克家 1995年7月1日"，回赠给老音乐家。

王洛宾翻开厚厚的诗集，对臧老说："小朋友刚才唱完了，该我了。我即兴为您的一首诗谱曲，然后唱给您听听，看您满意吗？"臧老和大家都拍起手来。

王洛宾选的是臧克家写于1956年的题为《送宝》的一首短诗。他略作构思，便放开喉咙——

大海天天送宝

沙滩上踏满了脚印

手里玩弄着贝壳

脸上带着笑容

在这里不分大人孩子

个个都是大自然的儿童

歌声婉转抒情，十分动听，臧老听罢高兴得站起来，连声称赞，并意味深长地说："好听的曲子在生活中，你的旋律是从哪儿来的？"王洛宾郑重地对老诗人说："我要再为您的诗谱写一首曲子，会更好的。"臧老说："谢谢你了。"

时间过得很快，眼看 1 个小时快过去了，我和王先生只好向老诗人告辞。臧老拉着我们的手，说："今天很难得，来，我们多照几张相吧。"他还把一直在旁边为我们拍照的摄影记者王瑶叫到身边，让女儿苏伊为我们又照了一张合影。

离开时，臧老执意要送一送，于是，两位耄耋老人相互搀扶着，慢慢地穿过弥漫着丁香花香气的庭院，来到大门口。洛宾老人再次与他景仰的老诗人紧紧握手，臧老则一直目送着"西部歌王"远去……

此后，在繁忙的演出和出访中，王洛宾没有食言。他在给我的信中，附有一页歌谱，是他为他的"艺兄"臧克家的名篇《反抗的手》创作的——

上帝给了享受的人一张口

给了奴才一个软的膝头

给了拿破仑一柄剑

也给了奴隶们一双反抗的手

留恋的
张望

曲子用了 d 调，4/4 拍，旋律高亢而有力度。这，也许是这位著名作曲家最后的创作了。

王洛宾去世的噩耗通过电波传进北京协和医院的病房，臧老在病床上对女儿说："要尽我的意思……"女儿以他的名义，代他向"王洛宾艺兄"敬献了花圈。

魂归天山，曲留民间，京城留下他眷恋的足迹

王洛宾历尽人间苦难，在中国民族音乐，尤其是民歌领域辛勤耕耘 60 余载，硕果累累，无愧于民间民众授予他的"西部歌王"的称号。他以 82 岁的高龄，奇迹般地创造了西部民歌和他艺术生涯的最后辉煌——不仅可容纳 2700 个座位的北展剧场一票难求，音乐会的录像在北京电视台播出后，观众反响热烈，电视台安排重播竟达 5 次之多。令人欣慰的是，在这位老艺术家弥留之际，1996 年 1 月 29 日，中国音乐著作权协会急件致函王洛宾，明确表示："关于民歌的著作权问题，我会认为，谁改编、整理的，版权就应归谁。"2 月 7 日，解放军总政治部文化部发出慰问电，高度评价王洛宾

为弘扬民族文化做出的巨大贡献，并希望他早日康复。

然而，老人对这一切已淡然处之，他看重的唯有观众。他对我说过，一个音乐家，他的歌没有人唱他就死了；我希望我的歌，500 年后还有人在唱。

我庆幸有缘与洛宾老一起度过了他在北京的最后一段时光，许多难忘的情景至今历历在目。1995 年 6 月 16 日下午，我和中国少数民族文化艺术基金会的负责同志以及苟永利等朋友到首都机场接机，一位女士献上一大束鲜花，给老人带来了欢乐。我告诉洛宾老，安排他住在磁器口宾馆，他连声说："好，那儿有豆汁喝。"宾馆的刘总十分崇敬洛宾老，每天派人打来热乎乎的豆汁儿、焦圈儿，放到老人的餐桌上。一次，我陪他逛燕莎商城，老人在当时算得上很时尚的大商厦里看得有滋有味。恰巧，我们遇上了也来购物的陈宝国、赵奎娥夫妇。宝国一下瞪大了眼睛，说："我们太喜欢您的歌了。您的音乐会我可以去主持啊。"赵奎娥说："我们一起照张相吧。"这一拍照，围过来不少人，人们不认识王洛宾，却都认出了陈宝国。宝国一再嘱咐我："别忘了把照片给我啊。"

欢乐的时光总是过得太快。有一天，我们设宴为洛宾老

留恋的
张望

陈宝国、赵奎娥夫妇与
王洛宾合影　李培禹摄影

饯行，那夜，大家都喝多了。不揣冒昧的我，竟提出请洛宾
老为我刚刚发表的一首诗谱曲。老人微笑着，说："好，你
把它写下来吧。"我快速地把那首题为《这支歌不再有旋律》
的诗写在纸上。洛宾老默吟了一会儿，说："这是写给心上的
姑娘的啊。"他站起身，轻声唱了起来。在座的音乐学院女
博士李玫熟练地记下了曲谱，洛宾老稍做订正后，送给我做
纪念。若干年后，《音乐周报》总编辑白宙伟把这首歌发表
在该报"创作版"上。

　　第二天，我和朋友们送洛宾老去首都机场，他要赶赴厦
门参加一个活动。在机场，不少人认出了"西部歌王"，纷
纷围过来向他致意，请他签名留念。一个小伙子转过身子，

王洛宾为作者的诗谱曲，令《这支歌不再有旋律》有了旋律

执意让老先生在他的背心上留言。于是，洛宾老微笑着提笔写了这样一句话："音乐使人向上！"机场的工作人员也提供方便，破例让我陪着老人一起通过安检。就要分别了，洛宾老紧紧握着我的手，说："这些天，你辛苦了……"

我怎么也没有想到，这竟成了与王洛宾先生的永别。1995年12月底的一天清晨，下了夜班刚刚睡着的我被一阵电话铃声吵醒，原来是洛宾老人到了首都机场，电话是他打来的。听来，老人十分兴奋："告诉你一个好消息……"他告

留恋的
张望

诉我，文化部正式通知新疆有关部门，要自治区歌舞团赶排一台歌舞节目，全部用他的作品，准备出国演出。他还说，这次是应邀去新加坡访问路过北京，回来后我们再见面。

当时，我和洛宾老都不可能想到，我们竟再也不能见面了……距我们那次通话两个多月后的一天，1996 年 3 月 14 日 00：40，王洛宾老人在那遥远的地方溘然长逝。新华社当天向全世界发布了这一消息，我清楚地记得标题是《魂归天山，曲留民间，一代歌王王洛宾逝世》。

洛宾老走了，他带着最后的辉煌走了，他带着满足与欣慰走了，他也带着许多还未了却的心愿永远地走了……

敬爱的洛宾老，这篇文字没有能够在您生前写出，您永远看不到了，这全是我手懒的罪过。然而，就在我写就此稿，面对着电脑发蒙时，报社合唱团的同事来催我："今晚排练王洛宾的歌，别忘了带上歌谱……"

是啊，洛宾老，您的歌，您留在人间那无数优美的旋律，以及您用全部真诚与爱心写就的人生乐章，人们会永远永远地传唱下去……

（原载 2016 年 11 月 24 日《解放日报》朝花周刊）

臧克家

　　我相信人与人之间的心灵感应。就在这年春节期间，我给自己每天安排了一段"读书时间"，拣出的书目中，就有臧老于1980年和2000年分别送我的《怀人集》和《臧克家旧体诗稿》两本书。灯下静静地重读臧老的散文和诗歌，其实很大程度上是为了释怀自己对臧老的思念之情。但从那一年的元宵节起，我对臧老浓浓的思念，却无奈地变成了深深的怀念。

　　这是埋藏在我心底多年的一篇文章，几次动笔又都放下了。我曾自卑地认为，怀念老诗人的文章，怎么也轮不到我写，每当眼前浮现出臧老那亲切的面容，尤其是耳边回响起老诗人几次带着浓重乡音的话语"我对你抱有不小的希望"时，我便有种无地自容的愧疚。后来自己安慰自己：得到老诗人教诲、恩泽的文学青年不计其数，我不过是他们中的一个；我至今没能在诗歌创作上取得什么成绩，臧老不会怪我，毕竟不是谁都能成为诗人的。

然而，离开臧老越久，我的思念愈深。

2010 年中秋前的一天，臧老的女儿臧小平约了几个朋友来她的新家吃饭，有我。就在这次愉快的聚会上，小平姐给了我一个意外的惊喜：她在新出版的《臧克家全集》第一卷的扉页上，工工整整地题写道："小平代父亲赠培禹存念 臧小平 2010 年 9 月。"

捧着臧老厚厚的"全集"，一种"体温感"传导过来，我的思绪，一下被再次撩拨起来，不能自已……

都说少年记忆最清晰。大约还是"文革"中的岁月吧，我们那条小胡同里也出现了"毛泽东思想文艺宣传队"式的街头演出。其中一个叫苏伊的女孩舞蹈跳得特好看，许多时候，她都是主演。当时我们这一群整天"混"在一块的伙伴里，大概只有我是因为另一个原因喜欢盯着她多看几眼——苏伊的爸爸是我国著名诗人臧克家。因为那个时候，诗歌的种子已埋藏在我的心里。1973 年，我在北京二中读高中时，诗情正"勃发"，一口气写下 300 多行的长诗《雷锋和我们同在》。写完之后，自己朗诵，激动不已。那天，我糊了一个大大的信封，装进厚厚的一摞诗稿，交给了苏伊。记得她

留恋的
张望

作者 1980 年与臧老合影

瞪大了那双美丽的眼睛看我，我赶紧转身逃离……

　　显然，苏伊十分认真地完成了我的托付，她把我的诗交给了刚从向阳湖干校返京不久的父亲，因为没几天，《北京少年》的编辑钱世明同志就来了，他说："我们刊物光发你这一首诗怕也登不下。但我还是来找你，一是我觉得写得不错，二是大诗人臧克家很欣赏呢。"原来，臧伯伯不仅亲笔给我改诗，还热情地推荐给了当时北京仅有的这家少年文艺刊物。正是这首长诗"处女作"，我得以登堂入室，去面见我崇拜的大诗人臧克家先生。记得他给我那首"长诗"打了65 分，一会儿又主动说："还可以比 65 分高一点儿。"说完，他先笑了。在场的客人也笑了，他们（记忆中好像有著名诗人程光锐和刘征先生）也鼓励我说，从克家这里得一个 65 分，很高了！

从那以后，我成了赵堂子胡同 15 号——大诗人臧克家先生寓所的常客。

最难忘一个冬天的傍晚，在胡同里散步之后，臧伯伯竟来到了我住的大杂院来看我。我那间小南屋只放得下一张椅子，我赶忙让座。他和蔼地说："还是你坐。"他站在书桌前，"哦，有这么多书读。"我告诉他，都是我的中学老师偷偷借给我的。"您看，您的诗选。"我把一本《臧克家诗选》递过去。他的目光瞬间有一丝惊喜，继而变得深沉，久久盯着那本书……忽然，他翻开诗集，很快找到某一页，拿起我的钢笔，在一首诗中改了一个字，对我说："这个字印错了，我给你改过来。"当时，我心里很难过，因为那个时期，包括《臧克家诗选》在内的许多文学书都还是"禁书"。"您的诗集会再版的。"我说这话，是为了安慰他。不想，老诗人却坚定地说："会的，一定会的！到时我要送你一本。"

转眼 1974 年的春天到了，我高中毕业后到农村插队去了。在京郊顺义县谢辛庄村，劳动之余，我常把"新作"寄

留恋的
张望

给老诗人，每次都能接到臧老的回信。我记得，他曾在我诸如"我开着隆隆的拖拉机耕地，多像迈着正步从天安门前走过"等句子下面，用钢笔画出一串圆圈儿，表示较好。有的句子旁边则批语："不好，缺乏生活依据。"等等。

当知青的日子毕竟艰苦，而且那时也没什么指望，不知何日才能回城。我在信中说："很想您，能给我寄张近照吗？我还想要您的字，能给我也写一幅吗？"几天后，绿色的乡邮员的自行车铃声格外清脆，我盼到了臧老的回信，而且那信封比往日的要大一些！我急切地拆开大信封，信纸中夹着一张照片和一幅墨宝，真是臧老的！老诗人在黑白照片背面写道："73年　小周明同志摄于北京　培禹同志　克家"。在一张彩笺上，是再熟悉不过的臧老那隽秀的墨迹——

秧田草岸竹屏风，

叠翠遥笼晚照红。

相邀明朝齐早起，

人同落日共收工。

《晚收工》一绝，"邀"应作"约"。培禹同志存念　臧克家

乙卯

　　"相约明朝齐早起，人同落日共收工。"我把它看作臧老用他在干校时作的这首诗《晚收工》，在与下乡插队当知青的我共勉。

　　还有一件让我没想到的事：也许是我在信中流露出我插队的村子比较偏僻，知青生活也属艰苦吧，我在京东盘山脚下的那个小村，收到了郑曼阿姨寄来的包裹——大白兔奶糖。这是我在农村插队期间，唯一一次收到包裹，我家都没有给我寄过。

留恋的
张望

终于，冬去春来。1978 年，《臧克家诗选》由人民文学出版社再版。臧老没有忘记我这个小朋友，他在扉页上题写了"培禹同志存正　克家"送给我。这时的我，已考入中国人民大学新闻系。我把好消息第一时间报告臧老，他高兴地微笑着，还掐着指头数着，谁考上了，谁谁也考上了。就是这天，臧老又重复了那句话："我对你抱有不小的希望。"在场的郑曼阿姨和苏伊都笑了。

大学这段日子是我见老诗人最勤的时候。1979 年，我们新闻系创办了自己的学生刊物《大学生》杂志，由成仿吾校长题写了刊名。我拿着第一期送给臧老看，并不知深浅地向他"约稿"，不想，臧老竟答应了。他起身进了卧室，一会儿，把一首诗稿交给我，说："这是昨天刚完成的，就交给你们吧。"于是，这首题为《临清，你这运河岸上的古城》的诗歌，首发在我们的《大学生》上。这在当时的人大校园引起不小反响，中文系林志浩教授找到我，希望我能把他的新著《鲁迅传》送给臧老指教。我乐不得呢！臧老则把回赠的书托我带给林志浩先生。后来，我还专门陪同林先生登门拜访了老诗人。其实，那时臧老已经诸多事情缠身，时间非常宝贵，而我每次登门都没有预约，有时他刚刚躺下休息，听

到我来，便又起身。郑曼阿姨每次都要沏上一杯清茶端给我。有时我来去匆匆，说："您别客气，我说几句话就走。"可郑曼阿姨照例沏好茶，一定让我喝一口再走。在臧老身边，我不仅读自己的习作，还经常把同学、朋友写的诗歌读给臧老听，记得有杨大明、韩智勇、韩晓征等人的。臧老都给过一定的鼓励。我和大学同学卢盘卿利用假期采写了一篇报告文学《沙砾，在闪光》，也拿给臧老看。臧老不仅看了，

留恋的
张望

还回信说：不错，已推荐给一家刊物了。不久，东北的一家大型文学季刊《绿野》就寄来了样刊，我们的习作发表了。热情的李杰主编还亲笔写信，给了我们两位大学生作者很大的鼓励。回想起来，那个时候登门求教、打扰臧老的绝非我一个，类似的事数不胜数，这要占去老诗人多少时间和精力啊！

1982 年，我大学毕业后被分配到北京日报社。臧老知道我主动要求下农村采访，很高兴，他对我说："对，这样才能多接触实际，打下厚实的底子。"由于工作紧张，我几乎不怎么写诗了，没有作品，倒觉得不好意思去见臧老了。没想到，老诗人却依旧关心着我这个"小朋友"——我写的一些通讯报道，他也看到了。1984 年 8 月，我和王永华主任一起去平谷县采访，写了一篇农民买飞机的报道，《北京日报》在头版突出位置发表。见报的当天，臧老兴奋地写了一首《有感于京郊农民乘自购飞机青云直上》的诗。

我登门去取时，知道他刚刚午休，就不让阿姨打扰他，拿到诗稿就轻轻地离开了。两天后，我收到了臧老的信。他语重心长地写道——

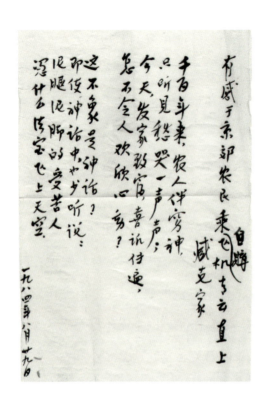

有感于京郊农民乘飞机专云直上威克家
自嘲

千百年来，农人伴穷神，
只听见愁哭一声声；
今天，发家致富，喜讯传递，
怎不令人欢欣心扬？

这不象是神话？
即使神话中也夕听说：
泯泯泯师的受苦人，
凭什么瞬宇飞上天空。

一九八四年八月廿九日

　　……你的文字颇干净。这些年，你到处跑，特别下乡时多，积蓄了不少材料，定有不少感受，可以在心中不时酝酿，将来定会写出好的报告文学或特写、散文来。我对你抱有不小的希望。

　　今下午你来，未进屋，我心不安。

　　……

留恋的
张望

其实，我心里更不安，因为忙工作，我好久写不出诗来了。但我仍旧热爱文学的心，臧老是十分理解的。1986年，当《臧克家诗选》又一次再版时，老诗人又送我一本，扉页上仍写着："培禹同志正之　克家。"以后，几乎是臧老每有新著出版，我都能得到有他签名的赠书。特别不能不提的是，1989年下半年到年底，我的工作、生活都曾跌到谷底。我自觉落魄，很久没有去见臧老了。正是在这段苦闷的日子里，我意外地收到了一个大信封，打开一看，不禁心头一热：臧老亲笔书写了他的诗送给我。我默默地念着——

万类人间重与轻，

难凭高下作权衡。

凌霄羽毛原无力，

坠地金石自有声。

拙作一绝，录赠培禹同志存念　臧克家

我有一种力量油然而生，夜里难眠，我拿起笔开始写起诗来——

寂寞是走不出的冬天，

北风累了，落雪无言。

有人问你或没人问你，

都知道此时已是零点。

……

这首题为《寂寞》的短诗，是我当时处境、心境的写照。我从臧伯伯不弃的深厚友情中获得了自信与坚强，我在诗的结尾写下这样两句——

寂寞是一种情感，

寂寞是一种尊严！

臧老看到《北京晚报》登出了我的诗，很是为我走出命运的阴影而高兴。也怪了，这以后，我创作激情不减，一些作品陆续得以发表，甚至其中的组诗《失去》，还得了一个奖。我把这段经历写成一篇散文，题目就是《坠地金石自有声》。发表后呈给臧老看，臧老又一次鼓励我说："我对你抱有不小的希望。"

留恋的
张望

臧克家与王洛宾——两位世纪老人的会面　王瑶摄影

记忆中还有一个日子是我永远不会忘的，那是1995年7月1日，我陪从新疆来的"西部歌王"王洛宾老人去拜望他神交久矣的臧老。

我知道，年已91岁高龄的臧老，近年身体一直不太好，极少会客，我很久不忍上门打扰了。可这天，为了实现已82岁的老音乐家王洛宾的心愿，我还是按响了赵堂子胡同15号那扇朱红色大门上的电铃，照例没有预约。来开门的是郑曼阿姨，她热情地把我让进院里。我犹豫了一下，说："今天，我陪王洛宾先生逛逛北京的胡同，路过这儿，他想见见臧老，不知……"

"王先生在哪儿？快请进。"郑曼一边热情地搀扶着洛宾老人，一边带我们走进客厅。

我们在我再熟悉不过的宽敞的客厅落座后，郑曼阿姨去臧老的书房兼卧室通报。这时，苏伊一家三口过来向王先生问好，苏伊可爱的小女儿文雯连声叫："西部歌王爷爷好！"一会儿，臧老从书房走出来，向王洛宾伸出双手，王洛宾迎上前去，两位饱经沧桑的老人，两位20世纪杰出的诗人与歌者的双手，紧紧地握在一起。

那天，他们所谈甚欢，话题涉及中国诗歌的民族继承、

留恋的
张望

传统民歌尤其是少数民族民歌的传播等。郑曼阿姨时时要来提醒:"你心脏不好,不要太激动啊。"臧老总是挥挥手,说:"不碍事。"有趣的是,臧老的小孙女文雯,这时缠着"西部歌王爷爷",要求爷爷唱一首歌。王洛宾风趣地说:"请客人表演,你得先表演一个,怎么样?"不想,还在上幼儿园的小姑娘一点儿也不发怵,她带有舞蹈动作地唱起来:"掀起你的盖头来,让我来看看你的眉。你的眉毛细又长啊,好像那树梢的弯月亮……"

童声童趣,给两位老人带来很大的快乐。

臧老一边鼓掌一边对王洛宾说:"你的歌有翅膀,很多人都会唱……"

洛宾老人拿出一本中国文联出版公司刚刚出版的《纯情的梦——王洛宾自选作品集》,翻开扉页,在上面写了"臧克家艺兄指正　洛宾　1995年7月1日",然后送给老诗人。臧老让夫人取来新近再版的《臧克家诗选》,也在扉页上写下"洛宾艺兄存正　克家　1995年7月1日",回赠给老音乐家。

王洛宾翻开厚厚的诗集,对臧老说:"小朋友刚才唱完了,该我了。我即兴为您的一首诗谱曲,然后唱给您听听,看您满意吗。"

王洛宾选的是一首臧克家写于 1956 年的题为《送宝》的短诗。他略作构思，便放开喉咙——

　　大海天天送宝，

　　沙滩上踏满了脚印，

　　手里玩弄着贝壳，

　　脸上带着笑容，

　　在这里不分大人孩子，

　　个个都是大自然的儿童。

王洛宾即兴为臧老诗歌谱曲并献唱　李培禹摄影

留恋的
张望

歌声婉转抒情，十分动听，臧老听罢高兴得站起来，连声称赞，并意味深长地说："好听的曲子在生活中，你的旋律是从哪儿来的？"

　　王洛宾郑重地对老诗人说："我要再为您的诗谱写一首曲子，会更好的。"

　　美好的时光总是过得太快，眼看1个多小时过去了。我和王先生只好向老诗人告辞。臧老说："今天很难得，来，我们多照几张相吧。"他还把一直在旁边为我们拍照的摄影记者王瑶叫到身边，让女儿苏伊为我们拍了一张合影。

作者与臧老的
最后一次合影

当我就要迈出客厅的门时，臧老忽然叫住我，拉着我的手说："我们两个再留个影吧。以后机会怕不多了。"当时，我对臧老的身体非常乐观，发自内心地对他说："您别这样说，瞧，您的身体多健康啊。"

就在客厅的门口，臧老紧握着我的手。王瑶早已端起相机，为我和敬爱的臧老拍下了珍贵的最后一张合影。

此后不久，我收到了王洛宾先生从厦门寄来的信，信中附有一页曲谱，是他为他的"艺兄"臧克家的名篇《反抗的手》创作的歌曲。他嘱我转交臧老。曲子用了 d 调，4/4 拍，旋律高亢而有力。这，也许是这位著名作曲家最后的创作了。

我拿着王洛宾的曲谱和我新写的两篇文章，又一次来到赵堂子胡同 15 号。可臧老因身体不适已住进医院。我不死心，从盛夏到深秋一段时间，我几次叩开那扇朱红色的大门，还是那熟悉的院落，还是那熟悉的客厅，还是那门前的海棠和丁香树，却仍不见臧老的身影，我心里异常失落，一阵伤感袭来，更十分惦念他……

终于，臧老的信到了——

留恋的
张望

培禹：

久不见，心中不时念及你；怀念你父亲。（我的父亲李裕义，一位普通的退休老人，却与臧老交谊不浅。父亲病重中想念臧先生了，就给臧老拨了电话。臧老放下电话就来看望他。父亲1992年去世时，郑曼阿姨曾来家里表示哀悼——笔者注。）

我患了一场重病，住院已九个月了，现在，病情好转，在慢慢恢复中，不久将出院回家休养。

得到你的文章，我与郑曼都读了，写得很好……

谢谢你送我们这么多宝贵的照片。

握手！

克家

96.3.31 灯下、床上

郑曼苏伊小平问好！

作为臧老这位诗界泰斗的一个"忘年交"小友，30多年了，我曾多次得到他的教诲和关爱，但在老诗人生命的最后几年，耄耋之年的他久病住院，我一直想去看望，又都忍住了。

转眼，1999 年来临了。我所在的报社进行了力度较大的改革、改版，由我牵头筹备创办北京日报的《生活周刊》。出于办报的需要，也是出于对臧老的想念，我抱着试试看的心情，写信请臧老给我们的《生活周刊》题写刊名。很快，一封印有"中国作家协会"字样的信件寄到了我手里。急忙拆开一看，是臧老那熟悉、隽秀的墨迹："生活周刊　臧克家题。"郑曼阿姨特别附了一封信，她在信中写道："克家同志久病后，已无力思考、写作，题栏名还可以。今下午他精神较好，题就'生活周刊'，现寄上，请检收。他年已九十有四，生活已不能自理，每时每刻都得有人照料，所幸头脑还不糊涂，但常用字好多写不上来了。谨告，勿念。……"

　　这信使我更加想念臧老，郑曼阿姨十分理解我和许多臧老的好友、学生的心情，她在电话里对我说："等克家的病情稳定住了，医生允许的话，我打电话给你……"

　　从此，我一直在盼一个给我带来欣喜的电话；从此，我也更加想念臧老。1999 年新春佳节就要到了，平生多少年来从不大会给朋友寄贺卡的我，出于对臧老的思念，精心挑选了一张贺卡，在精美的图案旁，我抄写上臧老《致友人》诗中的名句："放下又拾起的，是你的信件；拾起放不下的，是

留恋的
张望

我的忆念。"给老人家寄了去。

想不到，我竟收到了臧老的亲笔回信。还是那再熟悉不过的蓝墨水钢笔字体，臧老在信中亲切地说：

"收到寄来的贺年卡，很欣慰，上面几行字，多少往事来到心中，感慨系之！……多年不见，甚为想念。我二三年来，多住院。出院将近一年，借寓'红霞公寓'养病，与郑曼二人住，闭门谢客，体力不足，已94岁了。我们初识时，你才十八九岁，光阴过客，去的太多。我亲笔写信时少，因为想念你，成为例外。……"

读着臧老的信，我的鼻子酸酸的……

2004年正月十五，元宵节之夜，臧老走了。

新华社记者在第一时间发出的通稿这样写道："我国文坛再失巨擘，99岁的著名诗人、作家臧克家2月5日晚8时35分与世长辞，一轮明月、万家灯火伴他西行。"消息通篇饱含着对臧老的崇敬，字里行间流淌着诗的意境。

我相信人与人之间的心灵感应。就在这年春节期间，我给自己每天安排了一段"读书时间"，拣出的书目中，就有臧老于1980年和2000年分别送我的《怀人集》和《臧克家旧体诗稿》两本书。灯下静静地重读臧老的散文和诗歌，其实很大程度上是为了释怀自己对臧老的思念之情。但从那一年的元宵节起，我对臧老浓浓的思念，却无奈地变成了深深的怀念。

今天，当我自己平生第一本诗集《失去》终于编选定稿，即将付梓时，我再一次来到位于南小街上的赵堂子胡同。在远不是旧址的地方，写着"赵堂子胡同"的红底白字的牌子还保留着，但那载满我温暖记忆的 15 号院落早已不复存在了，我到哪里去推开那扇朱红色的大门，兴冲冲地喊一声"臧伯伯，是我！"呢？

怀念逐日深。

就让我把这篇心中的文字连同这本诗集《失去》，敬献给我的臧伯伯——臧老，还有 10 年前竟同在 2 月 5 日逝去的永远是那么和蔼可亲的郑曼阿姨吧。

我想你们！

（此文系作者为自己的诗集《失去》写的代后记）

留恋的
张望

李滨声

2023年8月，98岁的李滨声先生应邀出席北京市杂文学会召开的杂文研讨暨学会工作年会。这位漫画泰斗身体健康、思维敏捷、幽默依旧，他给大家讲笑话、画肖像，会场格外热闹。消息传出，引起轰动。走进这篇写于他90诞辰的长篇散文，进一步了解滨老的传奇人生。

九秩漫画家的传奇人生

  2023 年 8 月，98 岁的李滨声先生应邀出席北京市杂文学会召开的杂文研讨暨学会工作年会。这位漫画泰斗身体健康、思维敏捷、幽默依旧，他给大家讲笑话、画肖像，会场格外热闹。消息传出，引起轰动。进一步了解滨老的传奇人生。走进这篇写于他 90 诞辰的长篇散文。

作者（右）和滨老

　　2015 年乙未羊年来临，李滨声先生跨入九秩寿辰。我们北京日报副刊部的几位编辑及一众作家朋友，赶在马年岁尾的腊月二十九去给他拜年。年根儿了，从城里去昌平北七家的路上已显空旷。车行中，滨老（无论是报社领导还是年轻编辑，都尊称他为"滨老"）打来电话问到哪儿了，听说我们快到了，他朗声说："茶水已经沏上啦。"

　　西谚云：一个老人是一部书。中国有句老话：家有一老，如有一宝。当我提笔要写"李滨声"3 个字时，自己先忍不住乐了——他肯定先纠正我文章的题目，说："九秩就是 90 岁，我到今年 6 月 2 日才算进入 90 岁呢，现年 89 岁。"我介绍说，滨老是我国漫画界泰斗级的大师，他纠正道："我

留恋的
张望

是原北京日报美术组的编辑，画点儿插图。"他不说美术部，说组，因为那时候美术组还没升格为部呢。

滨老确像一部书，内容厚重、文字严谨，经他纠正过的，一般就可以写入正史了。举例：我在长途跋涉的旅途中，为了给大家提提神儿，就讲报社的一个笑话，说20世纪五六十年代，报纸印刷还要人工拣字排版，而且字模是倒着的。一篇报道中把北京市副市长、历史学家吴晗的名字弄成了"吴哈"，错了。第二天更正："本报昨日一版消息中副市长吴哈，应为吴哈哈。"又错了！车上的人大笑，困意全无。我接着讲，只好再更正，第三天报纸登出来了："重要更正：昨日及前日本报消息中副市长吴哈及吴哈哈，系吴晗。"吴晗同志实在忍不下去了，打电话来责问：你们知道"系"当什么讲吗？我不还是吴哈哈嘛！全车人笑翻了。我还没讲完，接着还有呢。报社领导让值班的李主任写检查，老李写了份检查，交给总编辑。总编辑看了一眼，说："拿回去重写！"老李很不情愿，说，您还没看呢，怎么就叫重写呢？总编辑用手指敲了敲那份检查稿，老李一看，不说话了，自己把那份检查拿走了。原来，他写的题目是《关于我的粗大叶的检查》，又丢了一个"枝"字儿！大伙儿笑够了，纷纷问滨老，是真的吗？滨老说，确有其事，但后边的段子是培禹杜撰的。而且，吴晗同志没有打过电话，值班的主任也不姓李。偏偏作家陈祖芬听不够，活动期间一有空隙，就要我把这段子讲一遍、再讲一遍。我一讲，瞎编的成分就更多了，逗得祖芬直不起腰来，全车人跟着大笑。此时的滨老不再纠正我，也包容地笑着……

说到宽厚、包容，又得说个笑话了。头年春节前，我突然接到滨老发来的短信："各位亲朋好友，我人在呢。近日央视戏曲频道播出的一档节目，把我说成已故了，有人来电话欲言又止，有老友要登门表示哀悼。怕麻烦各位，特告一声：人在呢。李滨声。"后来，央视和剧组的制片人郑重地抬着大花篮登门道歉。那场景我是听朋友转述的。滨老没想到有人来道歉，兴师动众的一干人进屋了，有位先生见到滨老二话不说，扑通一声跪下了，滨老吓一跳。弄明白怎么回事儿后，滨老赶紧安慰来人，诙谐地说："我还以为拜师的来了呢。"

谈笑间，汇晨老年公寓到了。

见到滨老，大家格外高兴，话都多，老学究朱小平兄要

留恋的
张望

不时出来维持秩序才行。作家陈援打开笔记本电脑，上面有武生泰斗王金璐老先生问候滨老的视频，这种老友间的拜年形式，让滨老眼前一亮。史学家毛佩琦教授献上一幅书法作品，青年评论家李静带来了自己刚出版的书，小美女杨思思更是来了段梅派青衣《凤还巢》，滨老连声称好。我则按老礼儿拎上一个饽饽匣子，衷心祝福90岁的滨老和他87岁的妹妹新春快乐，羊年大吉！终于轮到滨老了，他说，你们年根儿底来看我，我特别高兴，我准备了一个"致辞"。说着，他就打开抽屉，伸手去摸。摸了一会儿，说："找不着了。"大伙忍不住大笑。滨老说，我就脱稿儿说几句吧。他的"致辞"真是准备过的，像往常一样风趣、幽默、亲和，特别是给副刊部的几个人每人说了一段话，我们的资深编辑美女陈戎一激动，回答的是："得令！请滨老放心。"

笑声中，毛佩琦小心翼翼地拿出一个包袱皮裹着的"宝物"，轻轻打开，是一本书——北京出版社1956年出版的李滨声漫画集《喧宾夺主》。他翻开，展示扉页，只见滨老的墨迹："送给毛佩琦小弟弟　李滨声。"大家惊呼道，近40年啦！保存得这么完好，这要是拿到拍卖会上得炒多高的价呀！滨老凑趣地说："这本书我都见不着了，属孤本。现今要

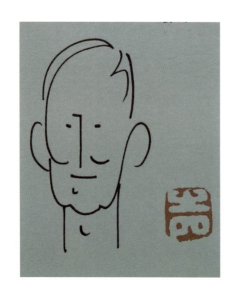

是拿到拍卖市场上，怎么不得——"大家等着他的报价，滨老五指一伸，"怎么也得这个价——5块！"

嗨！大家都笑了，这个90岁的顽童"泰斗"！

40年沧桑转瞬而过。当年给李滨声出书的编辑早已"失联"，不知去处，但今天的北京出版社出版集团暨北京出版社没有忘记这位老作者、老漫画家。他们要在滨老九秩之年即2015年，为他出版一本新书，暂定名为《李滨声插图精选集》。为什么叫"精选"？因为他画过的插图太多了，浩如烟海。让我惶恐的是，出版社的老编辑、资深出版家杨良志

留恋的
张望

先生，把编辑此书的重任托付给了我。

无法推托，心事重重。我不时要用"比我还年轻"的滨老做楷模，激励自己，打起精神，努力工作。

"比我还年轻"，真好！屈指一算，我与滨老相识相交已逾 30 载。1982 年，我大学毕业分配到北京日报社当记者，一次报社开大会，我与滨老邻座，会的内容提不起精神又不能离开，正郁闷呢，一会儿，邻座的他递给我一张 A4 纸，我一看，喜出望外：大画家给我画了一幅漫画像！这像英俊啊，我拿给不少同事显摆，就没想会给滨老带来多少求画者。好在老人家好说话，只要有空，来者不拒。那时，一家日本电视台来采访，问他："您平时的爱好是什么？"在一旁的小孙女替他回答："我爷爷就爱给人画像。一张一张画得可快了，不过他给人画的像有一个共同点……"日本记者赶紧把镜头对着小孙女，这小丫头说："反正都不像！"滨老苦笑着纠正道："不是都不像，是有的像有的不像。"有点儿尴尬的日本记者转换话题，问："您是哪个党派的？"滨老答："我是无党派人士。""不对，"小孙女又插话了，"我爷爷是右派！"哈哈哈，大家大笑，连滨老也忍不住笑了。

笑对人生，即将跨过 90 岁门槛的滨老，成了中国漫画界的传奇。他腰板挺直，耳不聋，眼不花，身手不凡。啥身手？舞刀弄棍、大变戏法。舞刀弄棍指的是他是国粹京剧的"名票"，自号"梨园客"，尤擅武生。前不久，央视和戏曲研究机构专门录制了滨老扮演的几出传统戏，那唱腔、那招式，观者无不叫好。大变戏法说的是他还身兼中国杂技家协会魔术专业分会的顾问，出门几天，他会带上"家伙什儿"（其中一件是法国魔术家朋友送给他的）。2014 年春天，他就这么着上了飞机，代表方成等老一辈漫画家去四川出席一个文化节活动。登台前他习惯临时找个美女助手，他的魔术迷倒众人。到了七八月份，我分别陪他去了山东东营、河北平泉，饭桌上禁不住朋友们强烈要求，滨老说，没带"家伙什儿"，来个简单的吧。他让服务员把一张餐巾纸撕成几条，然后交到他手里。只见他朝紧紧攥着的手掌吹了一口气，再张开，碎纸条又成了一张完好如初的餐巾纸，神了！

说了这么多"比我还年轻"，赶紧说说滨老的老本行"画画儿"吧。

十八般武艺中，画画儿是滨老的老本行。他大学上的是华北大学三部美术科，延续下来就是今天的中国人民大学艺术学院，正宗的科班出身。1957 年因在报纸上发表漫画《没

留恋的
张望

嘴的人》被打成"右派","文革"中又遭批斗，造反派质问他："为什么不上清华？"他回答："我考不上。""胡说，你不老实！"他说："真不是跟您客气。"现场大笑，批斗会草草收场。1979年"右派"问题纠正后重回北京日报社，滨老创作了大量优秀的漫画作品。我到文艺副刊部当编辑时，他虽早已退休，却仍是画画儿忙，而且不是一般的忙，但对我们编副刊总是有求必应。

在我的要求下，耄耋之年的他专门给我们的"古都"版开了一个漫画专栏，取名《燕京画旧》。他认真构思，图文并茂，老北京的民俗风情跃然纸上。这个持续近一年的专栏，在当年全国报纸副刊评选中，一举拿下优秀专栏评选的一等奖。

滨老还时常给我们带来惊喜。2013年蛇年到来之际，我接到滨老的快递，打开一看，是他专门为我们创作的《白蛇青蛇来拜年》。画面上一青一白、栩栩如生的两条美女蛇笑吟吟地抱拳给读者拜年。这画刊登在蛇年第一期的副刊作品版上，格外喜兴。

做好报纸副刊，我的认知是首先要有一支称职的编辑团队，这样报纸才可能拥有一流的作家、作者队伍，才能不断产生各类好的作品。此外让我偷着乐的，还有"家有一老，副刊一宝"。这一老之宝，正是滨老。说个实例吧。老作家李延国有感于中央"打虎"，借鹿门寺的传说写了《伏虎》一诗，原文如下。

　　襄阳城南 15 公里处有鹿门山，景色秀丽而雄奇。唐朝诗人孟浩然曾隐居于此的鹿门寺保留至今。山中曾有老虎，伤害人畜，一日方丈山中行走，忽有虎爪拍肩，方丈怒而回眸一瞥，恶虎惊恐逃之，不再显身。遂作《伏虎》：

虎爪落肩临生死，

回眸一瞥慑兽王。

并非佛祖试禅力，

心存浩然国运长！

　　这首短诗怎么发呢？我想起了滨老，便在电话里给他念了以上的文字，滨老答应试试看。很快，他的漫画配图来了，彩色的，真是让人叫绝，"方丈山中行走，忽有虎爪拍肩，方丈怒而回眸一瞥，恶虎惊恐逃之"的画面跃然纸上！发表它的《北京杂文》版受到读者好评，《光明日报》予以

伏虎

转载，老作家李延国更是连连称赞，要我代他向滨老致敬。

　　90 岁的漫画家，思维依然敏捷，目光锐利不减。前些日，报载某地方人大主任用五言诗作报告，全文 1200 句，凡 6000 字，一韵到底。真乃奇观！著名作家、杂文家梁衡先生写文章抨击此举，他文章的题目是《为什么不能用诗作报告》。第二位站出来发声的，就是 90 岁高龄的著名漫画家李滨声。滨老的笔下，一位扬扬得意的干部在会场上打着竹板儿，念着顺口溜儿，5 个字一行，5 个字一行，没完没了。他在画上方写道："五言绝句好，亚赛数来宝！"真是妙哉！

我忍不住一早就把电话打过去："太棒了，滨老！"滨老说，我想过会儿再打电话，怕吵着你休息。你说行，就是说我还能画吧？我连声说："太行啦！太行啦！您画得太棒啦！"滨老说，羊年第一画，讨个吉利吧。

放下电话，我的心久久不能平静。

还是回到滨老的插图上来吧。我以为从艺术成就上来说，漫画、京戏、插图，是滨老的三大块，三驾马车并驾齐驱，难分伯仲。他在这3个领域都攀登上了高峰，后来者怕若干年内都很难企及。

我手边人民文学出版社再版的他的《拙笔留情》还没读完，他通过快递送给我的《故事新说》（民族出版社）到了。这书是他应好朋友张德林先生之邀配的插图，张先生写了99个故事，滨老就创作了99幅漫画作品（注意：我说的是"创作"），每张插图虽都由故事生发而成，都与故事的主题紧紧相扣，配的图却是原创漫画。比如，《宋玉做广告》这篇，写的是屈原的弟子宋玉因貌美、身材好，被一个精明的小裁缝做了广告。滨老画的是威武高大的武松站左边，潘金莲居中，右边是矮小的武大郎，潘氏美女手托"长个丸"，说："我家叔叔就是吃这药后比他哥哥增高两倍半的。"人物

留恋的
张望

夸张而又逼真，看后真是令人忍俊不禁。

年近九旬的滨老最近给读者带来的惊喜还有两部精品：一部是同心出版社隆重推出的《寻踪——民国文化大家的北京生活图记》，保红漫文、李滨声绘，全套共 11 册，民国时期在北京生活过的文化名人鲁迅、胡适、梁实秋、张恨水、老舍、沈从文、齐白石、梅兰芳、蔡元培、冰心、朱自清、林语堂、辜鸿铭、梁思成、林徽因、徐志摩等尽收其中。既然是"图记"，我们有幸看到了漫画家李滨声笔下的这些名人的画像，以及他们在老北京胡同里活动的场景。他画的鲁迅先生，熟悉的面容里透出的是深邃；他画老舍、张恨水、梅兰芳，因为曾经熟识，大师的相貌上多了几分亲和；他画林徽因，美，自不必说了，还有她身轻如燕在什刹海滑冰的倩影呢；至于徐志摩，滨老画的是风流才子和林徽因在胡同门前最后道别的场景，真是栩栩如生，引人遐想……

另一部是滨老的"拿手好戏"，由人民美术出版社出版的《梨园客画戏》，分为《连台三国》和《京剧百丑》上下两本。他把一生对京戏的痴迷热爱、自幼做票友的苦乐酸甜，尽情融入笔端，一幅幅画作堪称绝妙，值得戏曲研究者、爱好者收藏。特别难得的是，每一幅画作旁都有身兼北京市政协文史馆馆员的滨老字斟句酌的介绍，使这本画册具有厚重的史料价值。我知道，近200幅"画戏"，还只是滨老画作的一部分，那些未能收进书中的画稿，也十分精彩。比如滨老送我的这幅《四郎探母》，他在栩栩如生的画面旁写道："四郎探母原名北天门，一名四盘山。自上世纪二十年代末随俗雁门关，被称八郎探母，遂改为如今剧名。"真让我这门外汉长了知识。也许因为这段文字中有两个字是后补写上的，滨老的落款也有意思："二○一三年酷暑忆旧甀甀随笔，画别宫不计工拙赠培禹老友以为补壁之用。梨园客李滨声八十又八，两眼昏花，题多落字，遗（贻）笑大家。"这，就是时常给大家带来欢笑的睿智长者李滨声。

谈到这次为他出《李滨声插图精选集》一书，他持积极态度，翻箱倒柜给我找原作或资料。翻看这些原作或资料，我往往眼前一亮。比如，他画于是之。1995年秋，市文史馆组织部分馆员赴陕西交流，滨老与于是之同行。馆领导还特意安排人艺的青年剧作家李龙云随行，照顾于是之老院长。谁知刚到西安住下，李龙云便"一病不起"，每天倒是由年迈的老于照顾年轻的小李。滨老悄悄拿起画笔，几笔就勾画出了活灵活现的老朋友于是之，只见有点儿皱着眉头的于是

留恋的
张望

之无奈地给病恹恹的小李拍肩捶背，那画面真是传神！滨老题字"到底谁照顾谁"，送给了李龙云。小李大喜过望，病立马好了一半。后来，李龙云出版《落花无言——与于是之相识三十年》一书时，把滨老的这幅漫画放到了封面上。这也使今天的读者能通过"精选集"，见到滨老为于是之画的唯一一幅肖像。滨老说，有点儿对不住老友是之，就画了这一次，还让他皱着个眉头。

滨老"封"我为他的"老友"，我当然知道他也有郁闷与烦恼。一有聚会，我就赶紧让滨老说出来，憋得他够呛了。滨老就说，他住的汇晨老年公寓哪儿都好，就是老碰见一坐轮椅的邻居，见面就问他："您多大年岁？"滨老答："我85岁。""哦，我比你小3岁。"又问："您多大岁数？""我86岁。""哦，我比你小3岁。"一直问到滨老答"我今年90岁"，然后滨老和这位老轮椅一起说："哦，你比我小3岁！"滨老告诉他，您甭问也甭追了，你比我小3岁，没辙了，您追不上啦！

哈哈哈！瞧，滨老的郁闷也能让满桌人笑翻。

滨老和朋友们聊天儿、变魔术时，常常爱抖个"包袱"。在此文的结尾，我也学着抖个"包袱"吧：滨老曾应邀为著名女作家叶广芩的长篇小说《采桑子》画插图，书出版后只收录了9幅，还是黑白的。那么他画了多少呢？整整38幅！而且全部是彩色的，异常精彩。那是时已年近八旬的滨老在读好几遍小说原稿的基础上，根据故事情节的发展，几个月呕心沥血创作出的精品画作啊！今年，这些插图将随着《李滨声插图精选集》的出版，第一次全貌地呈现在喜爱他的广大读者的面前。

这，算个叫得响的"包袱"吧。

（原载2015年6月2日《北京日报》）

留恋的
张望

附笔记二则

庆贺滨老新书《书苑栽花》出版茶话会举行

（2016 年 3 月 19 日）

今天下午，庆贺滨老新书《书苑栽花》出版茶话会在青钱柳公司总部举行。好友们纷纷前来为滨老送上鲜花和祝福。很少参加活动的著名作家陈祖芬的出现，给大家带来惊喜，她和滨老的一个拥抱让人动容。胜友兄尚在疗养中，也欣然前来，还给滨老送上贺礼。艾克大领导从新疆返京，未进家门便赶来，还演唱了《三套车》助兴。著名作家梁秉堃、胡健、凸凹、徐迅、王谨、苏文洋、陈援、赵李红，日报副刊部的代表彭俐、马益群，北京出版社的资深编辑、出版家杨良志，作家、出版家刘晓晖，美女评论家俞若然，中央台著名主持人月明，大画家陈士奎，著名书法家弓超，美女油画家田迎人，著名摄影家、北晚新视觉董事长张风，资深摄影家高志坚等欢聚一堂，其乐融融。著名京剧演员、张派青衣王奕戈表演的京剧清唱，赢得满堂彩。整个茶话会高潮迭起，91 岁的滨老即兴表演的拿手绝活小魔术，令众人惊叹不已。大家百思不得其解，纷纷问怎么回事儿，滨老笑答，我知道怎么回事儿。大家静等下文，滨老说，可我不会说！大家笑翻了。青钱柳的美女董事长文燕热情留饭，她亲手做了一道美味养生汤，众人皆赞。未能到场的好友，作家刘齐、叶广芩、李桦、京梅、朱小平、杨思思、王维强以及日报副刊部的陈戎、李静、王丽敏、赵耕等也向滨老表示热烈祝贺。

北京晚报、北京电视台的记者全程采访拍摄，十分辛苦，也要赞一个！

滨老赠我明前茶

（2016 年 3 月 21 日）

《书苑栽花》出版茶话会当晚，滨老打来电话，说难眠。我安慰他好好休息后，自己也失眠了。隔天，接到老人家亲自寄来的包裹，打开一看，印有他绘图的瓷罐里，装的是明前西湖龙井。

留恋的
张望

小诗以谢——

　　　　春风不吝染绿芽，

　　　　九秩滨老著新花。

　　　　青钱欢聚兴未尽，

　　　　夜阑响铃到我家。

　　　　轻唤一声无多语，

　　　　心底波澜似有闸。

　　　　尽在隔天包裹里，

　　　　浓情共饮明前茶。

于蓝

她是电影《翠岗红旗》
里的向五儿，一个坚强的
红军家属；她是《革命家
庭》里的母亲周莲，周恩
来总理称赞她"演了一个
好妈妈"；她是影响了几
代人的《烈火中永生》里
的江姐，温柔而坚强的形
象被无数观众奉为银幕经
典……她，就是于蓝。

从延安出发的银幕征程

　　她是电影《翠岗红旗》里的向五儿，一个坚强的红军家属；她是《革命家庭》里的母亲周莲，周恩来总理称赞她"演了一个好妈妈"；她是影响了几代人的《烈火中永生》里的江姐，温柔而坚强的形象被无数观众奉为银幕经典；她60岁时接过筹建北京儿童电影制片厂（现中国儿童电影制片厂）的重担，出任第一任厂长和艺术指导，一干就是20年；80岁以后的她，依然为挚爱的电影事业和孩子们奔忙着。她，就是于蓝。

著名电影表演艺术家于蓝，2020 年 6 月 27 日在北京逝世，享年 99 岁。我曾于 2015 年采访刚刚度过 94 岁生日的她，于蓝老师充满激情地告诉我，她最喜爱的抗战歌曲是《延安颂》。

　　也许不少读者会和我一样，早就知道于蓝，也熟悉她塑造的一系列银幕形象，然而对这位令人尊敬的老一辈电影家的人生又了解多少呢？我在北京日报文艺部做记者时，曾多次与她见面、一起参加活动。更由于与同是演员的她的侄女于海丹及李雪健两口子是好朋友，一些场合我也随着他俩管于蓝叫一声"大姑"。于蓝总是笑着回应："这孩子！"直到今天，在举国纪念抗日战争胜利 70 周年的日子里，我才真正走近大姑，静心听她讲述延安、讲述电影、讲述爱情、讲述人生……

延安，世界上最艰苦最快乐的地方

　　于蓝出生于 1921 年，两岁时随父母移居哈尔滨。儿时记忆最深的是滑爬犁。伏在爬犁上，借着起伏的山岗顺坡滑下。当时只有六七岁的她，不时摔倒在冰雪上，但她不哭，马上再扑到爬犁上继续滑下去。她还爱爬杆，一会儿工夫就能爬上几米高的木杆。这些都培养了她坚强的个性。一个凄风苦雨的日子，辛勤操劳半生的母亲患病去世了。这一年，于蓝刚满 8 岁。不久，继母进了门。迫于生计，于蓝只身投奔在沈阳老家的祖父。继母寂寥时买的一些"闲书"，也滋养着于蓝。这阶段，她初识了曹雪芹、施耐庵、罗贯中，甚至知道了托尔斯泰。

1931 年，举世震惊的九一八事变爆发。于蓝随家人由沈阳逃至张家口，这次逃难经历也让 10 岁的于蓝第一次看到了国破家亡的惨景。1937 年，于蓝一家在北平安定下来，可是好景不长，七七事变爆发，北平沦陷。她被送进一所女子学校，但只待了 20 几天就离开了。"北平城像口活棺材，不能再这么待下去！"于蓝的心在呐喊，一定要找到抗日救亡队伍。

1938 年，于蓝的好友王淑源到了北平，告诉她中国不会亡，共产党是主张抗日的，离北平不远就有平西抗日游击队。于蓝第一次离家，去寻找队伍，没想到，刚出城门就被日本鬼子逮住了，送到了宪兵队。无论他们如何威逼利诱恐吓，于蓝就是不吐口。鬼子抓不着什么把柄，只好作罢，她总算脱离了虎口。自此，父亲苦苦哀求，继母喋喋不休，还让她大哥于亚伦盯着她，怕她再惹麻烦。哥哥那时也受到进步思潮影响，暗中支持妹妹出走。不久，他自己也奔赴延安，踏上了革命的道路。兄妹俩在宝塔山下意外相逢，喜极而泣。当然，这是后话。

这天，暴雨倾盆。谁也不会想到，此时于蓝举着一把油纸伞第二次离家出走。她对年仅 11 岁的二弟于振超说，姐去给你买咖啡豆吃，你在家等我吧。她向郊外奔去，巧妙地过了许多哨口关卡，翻过妙峰山，来到斋堂——平西抗日根据地。在决定去延安之前，于蓝曾躲避到同窗好友赵书凤天津的家中。慈爱的赵母知道留不住女儿了，就把书凤叫到身边，给她改了个名字：赵路。寓意一路顺当、平安。于蓝要求也给她改个名字。赵妈妈想了想说："就叫蓝吧，万里无云的蓝天多好呀！"于是，她的原名"于佩文"再也没有用过。不久，于蓝等十几名热血青年在党派遣的一支部队的护送下，穿越封锁线，历经近两个月的艰难跋涉，到达陕北延安。她在日记本上写下终生难忘的日子：1938 年 10 月 24日。于蓝至今还记得当年渡黄河时的情景：他们坐在两条大

留恋的
张望

于蓝、田方与刘白羽
在延安合影

木船上，与数匹骡马在汹涌澎湃的黄河激流中"飞渡"，惊心动魄，真正体验了《黄河大合唱》中描写的壮烈情景……

　　说起当年，于蓝依旧激情难抑："到延安的那天已经是晚上了，我们扔下背包就跑出去了。走进一座旧教堂式的建筑，里面正在开'干部联欢会'。什么是'干部'？所有人都穿着一样的灰色制服，打着绑腿的是部队的，整整齐齐特别精神。一切都是全新的感觉，激动得不得了。第二天一早，我们来到报到处填表，只见表格的左边有列竖排字'中华民族优秀儿女'，右边是'对革命无限忠诚'，看到这几个字，一股说不出的情感撞击心头……"她第一次郑重地填写上自己的名字：于蓝。70多年后，她仍发自内心地说："延安是

于蓝和田方

世界上最艰苦的地方，延安也是世界上最快乐的地方！"

　　延安岁月中，于蓝先后在抗大、女大学习，晚上点着汽灯参加业余演出，打小堂锣、跑龙套，都乐呵呵的。于蓝在抗日战争的烽火中努力改造自己、锻炼自己。1年后，她终于在镰刀斧头的旗帜下举起右手，成为一名共产党员，奠定了自己人生道路的基石。此后，她成为延安鲁迅艺术文学院实验话剧团演员，参与了那个时期党领导的所有文艺活动。在几部重要的话剧，《一二·九》《火》《日出》《带枪的人》《佃户》《中秋》，以及根据契诃夫小说改编的《求婚》中，

留恋的
张望

她都出任主演或担当重要角色，于蓝这个名字在延河岸边开始被人熟知……

电影《革命家庭》的幕后故事

于蓝的银幕生涯是从 1949 年拍摄故事影片《白衣战士》开始的，那是她第一次知道"开麦拉"（摄影机），也是她第一次担任女主角——一位战火硝烟中的医疗队女护士。之后，迎来新中国的诞生，她又主演了故事影片《翠岗红旗》。拍摄这部影片时，导演张骏祥发现了于蓝的表演潜质，启发、指导的同时，给了于蓝发挥的空间。影片获得了广泛的赞誉。其间，由于抗美援朝开始了，她积极要求上前线慰问志愿军战士，曾率队冒着敌人的炮火，跨过鸭绿江，圆满完成了任务。

从朝鲜回国不久，她又接到拍摄电影《龙须沟》的任务，由她扮演女主角程娘子。在导演冼群、北京人艺的表演艺术家于是之的帮助和配合下，于蓝的表演更加扎实，深得专家和观众的认可和好评。然后是《林家铺子》。虽然这部影片命运多舛，但她的表演越发成熟了，可说进入了一个最佳创作期。这些影片是共和国的第一代电影成果，十分珍贵。它们在全国公映时，受到广大观众的热烈欢迎，也为人到中年的于蓝赢得了荣誉。

作为一位在银幕上辛勤耕耘一辈子的老艺术家，很多作品都是她的孩子、她的心血之作。因篇幅关系，这里不能一部一部地细说，我提出请大姑讲讲拍摄故事影片《革命家庭》的幕后故事。我知道，那是她生命历程中一段永远难忘的记忆。

在新中国欣欣向荣的社会主义建设大背景下，于蓝读到了一本革命回忆录《我的一家》。这是一个普通平民妇女在党的感召下，逐步成长为一个坚定的革命者母亲的真实故事。主人公陶承（电影中改名周莲）是个没有文化的朴实的弱女子，当她知道自己的丈夫加入地下党组织时，没有怨言，开始是夫唱妇随地帮丈夫完成党交给的任务，后来丈夫不幸牺牲了，组织上通知她，已为她安排好了去处，并给她经费，要她离开白色恐怖区，但她却义无反顾地把大儿子交给了党。在一次任务中，大儿子也为革命献出了生命。她强忍悲痛，自己带领小儿子又投身到艰苦卓绝的斗争中去，最终迎来了革命胜利的曙光。

留恋的
张望

读完这本自传体的书，于蓝彻夜难眠。她要把这个真实的故事拍成电影。她找到和自己合作过的著名导演水华，得到他的支持。然后她想尽办法，终于在一条小胡同里找到了《我的一家》一书的主人公、作者陶承大姐。她虔诚地听这位革命家大姐的述说，为剧本中的情节寻找更有力的根据。她们越来越近、越来越亲，每次见面都有说不完的话，都是那样难舍难分。于蓝对为革命牺牲的大姐的丈夫充满崇敬，挖掘出不少他们相亲相爱、成为一对革命伴侣的生动情节。电影中的男主角梅清，要请孙道临来演。开始，于蓝提出了疑问，他刚刚在《家》中演了封建家族的大少爷，怎么能演梅清呢？反差太大了，难以接受。孙道临还是来了，他是做足了功课而来的，表演中全然不见了《家》的影子。

可想而知，两位艺术家的倾力合作，这片子能不出彩吗？摄制组十分团结，一心要拍出好故事。于蓝充分调动自己的生活积累，把剧本中表现夫妻恩爱的原设计改了：原来是小夫妻俩嬉戏追跑，梅清含情脉脉地拿出一双小鞋给妻子周莲看，预示他们快有儿子了；改后为已是中共党员的丈夫，手把手地教妻子周莲识认"方块字"，时代气息一下鲜明地表现出来了。随后，镜头从"天、地、日、月"一个个

"方块字"上慢慢拉开，画面叠映出母亲膝下已有二子一女，时间的跨度也顺理成章地解决了。这个创意得到导演水华和孙道临的一致称赞。

电影《革命家庭》1961年在全国放映，立即红遍了大江南北。1962年，第一届大众电影百花奖创立，《革命家庭》榜上有名。接着，于蓝因为在片中的出色表演，又在第二届莫斯科国际电影节上荣获最佳女演员奖。更让于蓝激动、欣慰的是，周恩来总理在一次与文艺工作者同游香山的活动中，指着于蓝对记者们说："她演了一个好妈妈！"

电影拍完上映了，于蓝与"好妈妈"陶承的故事远未结束。共同的理想信念使她们结下了深厚的感情。在以后的日子里，于蓝经常写信给陶妈妈，向这位有着高尚情操的革命前辈倾诉衷肠，把工作中的快乐、成绩与老人分享。有时，一写就是几页信纸。让我们看两封陶妈妈的复信——

亲爱的于蓝同志：

今天下午四时接到来信，多么亲切啊！你太热情了，写了四页信，说了不少事情……你从上海来的第一封信里谈到，你们到龙华公墓的纪念碑前为烈士扫墓、献上花圈，扮

留恋的
张望

演立群的张亮同志致悼词时声音哽咽，同志们都流了泪。读到这里，我也忍不住自己的热泪滚了下来……我不需要什么东西，不必带。只要你身体健康、一路平安，我就高兴了……

亲爱的于蓝同志：

你的信多么富有感情，真像一篇好散文。读了你的信，喜得我心怀开朗，笑意生春。……感谢你百忙中又给我写了长信，告诉我不少事情……

然而，谁能想到，革命前辈陶承因康生的一句话，被诬陷入狱，1975年才得以回湖南老家养病。那些年，她一直担心于蓝因此被牵连遭到迫害。此时的于蓝也惦念着陶妈妈，却音信全无。直到"文革"结束后，远在湖南郊区的陶妈妈看到报纸上刊登的第五届全国政协委员名单中有于蓝的名字，便托一位教师给于蓝捎话。百感交集的于蓝，利用出差的机会，立即启程去湖南。当她来到长沙郊外马坡岭的老干所时，远远看到一位老人，白发在风中飘动，陶妈妈早已把轮椅摇到大门口等候多时了。于蓝跑上前，喊了一声"妈妈"，便什么话也说不出来了。两人抱在一起，任凭脸上的热泪流淌在一起。夜深了，于蓝服侍老人先睡下，她拿出带来的黑绸布料，找来针线，在灯下为她的陶妈妈缝制了一件"开裆式"的裤子，以解决老人上厕所的不便……

一本书，一部电影，一个主人公，一位人民的艺术家，这生活中的真实故事，令人动容！

难忘田方，生命因你而璀璨

提起田方的名字，也许有人感到陌生，然而提到电影《英雄儿女》中那个有深邃目光的我军政治部主任王文清，几乎无人不晓。田方，正是把这不朽的艺术形象留在银幕上的著名表演艺术家。田方从 30 年代起就参加了《壮志凌云》等十余部影片的拍摄，被称作"一颗新星"。抗战爆发后，他放弃自己的演艺明星前程，一腔热血奔赴延安。他比于蓝早到延安几个月，表现出色，先后演出了《日出》《佃户》《带枪的人》《我们的指挥所》《前线》等话剧。毛泽东同志召开延安文艺座谈会期间，留下了一张和全体文艺工作者的

留恋的
张望

合影，坐在毛主席右边的人就是田方。新中国成立后，他在担任繁重的领导工作间隙，还参加了《风从东方来》《深山里的菊花》《一天一夜》《革命家庭》《英雄儿女》等影片的拍摄。

于蓝1938年到达延安时，只有17岁。经过两年的学习锻炼，组织上调她到鲁艺实验话剧团，开始了演员的生涯。在她的眼里，一切是那么美好。她和一起历尽艰辛共同奔赴革命圣地的同窗好友赵路，经常唱起那首《延安颂》："夕阳辉耀着山头的塔影，月色映照着河边的流萤……"生活的艰苦、工作的劳累仿佛消失得无影无踪了。

1940年一个"春风吹遍了坦平的原野"的日子，爱情之神也悄悄来临。赵路忽然对于蓝说，刚被一位上级大姐叫走了，她要给我介绍男朋友。于蓝漫不经心地问："谁呀？"赵路的脸红了："田方。"

田方！这个名字让于蓝心里震动了一下：怎么是田方？为什么是田方？她心里慌乱，说不出是一种什么滋味。她不安地问："那你呢，喜欢他吗？"赵路真挚地回答："我早就喜欢他了。"于蓝觉得完了，一切全完了，她的心里也早就有一个人了：田方！

夜深了，赵路已进入梦乡，于蓝却再也睡不着了。经过一夜的煎熬，于蓝想通了，她要衷心祝福情同姐妹的战友赵路，同时彻底熄灭自己刚刚萌芽的爱情火苗。

谁知情况变得如此突然，那位大姐风风火火找到于蓝，说："哎呀，于蓝，我差点儿办错事儿，田方喜欢的是你呀！"一种委屈涌上心头，他这人怎能这样？于蓝气冲冲地去找田方，想为赵路争取一下，她质问他："赵路有什么不好？"田方解释说："她很好，是个好同志。是那位大姐太冒失了，根本没有征求我的意见。我喜欢的是你啊，从在延河边上第一次见到你，我就暗暗选中你了！"于蓝不知如何是好，想转身离开，却挪不动脚步，她无法拒绝那道深邃、独有魅力的目光。田方大胆上前，紧紧拥抱了她。当年11月7日，苏联十月革命纪念日，他们在延河边的窑洞里举行了简朴、热烈的婚礼，一对革命情侣走到一起了！

熟悉大姑的亲人及朋友都知道，田方是她的最爱，也是她的最痛——1974年8月27日，田方因病去世，留给她苦苦的思念至今已整整40年了！于海丹说，40年来每逢大姑父的生辰和忌日，大姑都要去八宝山革命公墓看望他。每年两次，风雨无阻，从未断过。儿子田新新、田壮壮等家人陪

留恋的
张望

了大姑 40 年，从未断过。大姑把一束小花放在田方的遗像前，含泪喃喃自语，相信天国的他一定能听到。

我记起 1993 年 10 月，北影的领导和田方的老战友组织了一个追思会。那天，我冒着秋雨提前到了，发现会场上已坐满了人。主持追思会的北影演员剧团团长、著名演员于洋，用他那特有的浑厚嗓音说："今天，大家有许多由衷的话要叙述，但无论是谁，都会首先想到田方同志。在他创建的演员剧团 40 年的时候，谁也不会忘记田方同志所付出的心血和劳动。"著名作曲家刘炽走上台，拿起话筒回忆起抗战烽火中的田方："当时我们随队越过同蒲路时，突然响起了枪声，大家都慌了。只见田方同志镇定地站在小河旁，一个一个地护送大家过去。直到同志们都过去了，他才最后一个撤离。我永远也不会忘了他那高大的身影。"

曾任北影厂厂长的汪洋谈到这样一件事：组织上曾让他的老上级，当时任国家电影局副局长兼秘书长的田方同志回北影当他的助手、副厂长，他十分惶惑。田方却不计个人得失，诚恳地说服他大胆工作。汪洋激动地说："我们开始了最愉快的合作。共产党人能上能下，田方堪称楷模。"老艺术家陈强谈到田方对他的关怀和爱护时，竟几次泣不成声。田方的战友、著名作家刘白羽，在病榻上写就一篇优美的散文《田方在微笑》，由衷地赞美了自己挚友的崇高品格。会议结束时，我和几位同志搀扶老演员赵子岳离开会场时，老艺术家动情地说了一句话，给我留下深刻印象，他说："一个伟大的人，最懂得自己的渺小。"

那天，于蓝最后发言，她的话我至今记忆犹新。她说，同志们的呼唤，田方一定能够听到。

【采访札记】

于蓝以延安为起点，她70多年走过的革命道路、银幕征程，远不是这篇拙作能够承载的。比如她在《烈火中永生》里塑造的江姐，本文只一笔带过；她倾尽心血与赵丹一起准备把《鲁迅》搬上银幕，她为饰演鲁迅夫人许广平做了大量准备工作；她60岁时受命组建中国儿童电影制片厂，兢兢业业工作20年，开创出中国儿童电影事业的广阔天地；艰苦的工棚办公室，滴水成冰的严寒，大门的铁把手粘住她的手指，那撕伤的疤痕至今犹在；退休后她成功创办国际儿童电影节，继续殚精竭虑地为电影事业和青少年的成长力所能及地奔波着……这些我都略过了。

留恋的
张望

说实话，那天我去见大姑时，难免有些不安。不想，她拿过我自感有"残缺"的一沓 A4 纸，第一句就说，写那么多干吗，太长了。

大姑眼神已有些不济，需要用放大镜来看稿件。我借机打量这熟悉的环境。很难想象，在这座普通住宅楼里的两居室里，这位 1938 年参加革命、1939 年入党的老干部，享有国际声誉的著名表演艺术家，已经居住快 30 年了。过道有一旧书柜，不高的柜子上面是一堆没有打开的锦盒，她获得的若干奖杯、证书，静静地躺在里面。小小的餐厅和不足 10 平方米的会客室里，比较显眼的位置，挂着她和周总理在一起的照片，还有电影中江姐的剧照、延安时期一些珍贵的旧照等。最大的一张照片，悬挂在她的卧室里，当然，那是田方。

大姑叫我，她看出稿子中的一处差错，说："这块儿怎么能瞎写啊！"我一看，是我笔误，把人名写错了，其他的时间、地点全错。我赶紧说："没关系，没关系……"我是想说，这点好改，我会马上改过来。她没容我说完，就严肃地说："怎么能没关系呢？这不是瞎写嘛！"她一点没变，性格还是那么直爽。要不是了解她，我这个写了 30 多年的老记

作者和于蓝合影
张风摄影

者，还真挂不住面儿呢。

　　说完稿子，于蓝回到了大姑的状态，非常可亲。她的听力也不太好，特意戴上了助听器。我们在一起聊天，埋怨她前些日子过生日也不叫上我们，她只是微笑。电话铃声响了，她拿起话机，声音清脆、响亮，哪像已经90多岁的老人呢？她谢绝了电话那边的活动邀请，并真诚地表达感谢。她说，今年的邀请、活动、采访特别多，我主要是不想给人

留恋的
张望

家添麻烦，能推的都推掉。我问，您一直挂在墙上的"闻鸡起舞"四个大字呢？怎么不见了？她说，可能博物馆收集走了，记不得了。条幅虽然没有了，她仍然每天早上不到6点就起床，哪怕手推着轮椅也要到楼下活动一下，练练腿脚。每天安排得挺充实的。有人说起她还参加了书画班，画儿画得不错时，她赶紧小声说："别提画画儿的事儿，他们该要了。"话声虽小，我们却都听到了，不禁哈哈大笑起来。

大姑也开心地笑了。

李雪健

在当今中国的演艺界和影视圈，李雪健真正是一个演戏响当当、做人静悄悄的人。这些年，李雪健得到的奖项已数不胜数，有观众统计，从他最早作为话剧演员获得首届中国戏剧梅花奖后，他是囊括了中国影视界个人表演奖的"大满贯影帝"。圈里圈外，我们看到的是一个用生命实践"认认真真演戏，清清白白做人"的真正的人民艺术家。

雪落无声 一品红

　　2018 年 12 月 18 日，在庆祝改革开放 40 周年大会上，李雪健获颁改革先锋奖章。那天，我忍不住发微信朋友圈道：欣闻雪健获颁改革先锋奖章，全国影视演员唯此一人，实至名归。有感，即兴赋诗一首，以志庆贺。

　　雪落无声一品红，

　　健走银屏居高峰。

　　最是真情动天地，

　　好德好艺好老兄。

许多好友读出了这是一首"藏头诗"，纷纷跟帖道："雪健最好！"

雪健最好，名副其实。

记得 2013 年 7 月 21 日，雪健回到了他的第二故乡——贵州凯里。当他急匆匆地往楼上爬的时候，慈祥的老母亲已在楼道门口等他了。"妈！"雪健大声喊着，泪珠已在眼眶里打转了。进屋后，时年已 84 岁高龄的雪健的老父亲李昌之，礼貌性地先拉住了我的手，说："你没有变化，21 年了！"

是啊，真是有缘。雪健 1992 年初冬冒着小雪回故乡看望两位老人，我就陪在他身边。记得我给两位老人带去了刚刚出版的《走进焦裕禄世界》。21 年后他再返凯里，我又有幸一同前来，于是想到，雪健这些年来的足迹，堪可让抚育他长大成人的父母双亲感到欣慰，也足以让一直惦念他、支持他、爱护他的父老乡亲们倍感骄傲。

在当今中国的演艺界和影视圈，李雪健真正是一个演戏响当当、做人静悄悄的人。这些年，李雪健得到的奖项已数不胜数，有观众统计，从他最早作为话剧演员获得首届中国戏剧梅花奖后，他是囊括了中国影视界个人表演奖的"大满贯影帝"。他为人的朴实、为戏的精湛，让喜爱他的观众、

留恋的
张望

熟悉他的朋友以及许多报道他的媒体，除了用"好人""好演员"形容他之外，几乎词穷。圈里圈外，我们看到的是一个用生命实践"认认真真演戏，清清白白做人"的真正的人民艺术家。

心声诉真情

前几年，李雪健应邀参加中宣部召开的一个座谈会，领导点名要他发言。一向低调的李雪健似乎觉得心里确实有话要说，便一反常态认真做了准备，结果他的发言语惊四座，反响强烈。这些大实话，出自肺腑，多次被掌声打断——

通知让我开会，挺高兴的。让我准备发言，就发愁了。还要把发言写成稿子，对于我来说，这就更难啦。我是真的嘴笨，要说琢磨个角色怎么演得更好，比让我写强。我觉得演员就是要用角色和观众交朋友，我想说的、做的、爱的、恨的都在不同的人物形象中去体现了，久而久之，成了习惯。所以，"说"是我的弱项。既然点了名，那就赶着鸭子上架，借此机会说两句自己最想说的话：一句是要珍惜"演员"这两个字，珍惜这个名号；二是用角色和观众交朋友。

演员最大的特点是你演了多少个人物，就能像多少个人物那样去活一把，在活一把的过程中你要去挖掘、体验、体现这些人物身上的真善美、假恶丑，既丰富了你的人生，又潜移默化地净化了你的心灵。演戏，让人上瘾！我就是一个受益者。

我演焦裕禄那年36岁，本命年，还扎了条红腰带。王冀邢导演说，当时找我并不是我长得有多像，他说我有种忧郁加思索的眼神。巧的是，我的老家菏泽和兰考紧挨着，一样的黄河古道，一样的大水灾荒。我爹当过公社书记，常骑一辆倒轮闸的自行车带着我下乡，我把焦裕禄当成父辈来演。当时我胖，开始很不自信，都想打退堂鼓了，后来王导给我鼓励，说我们俩是一根绳上的蚂蚱，谁也跑不了，让我减肥。那会儿我最怕看组里人吃饭，我只喝白菜汤，饿了嗑瓜子，还有人专门陪我打麻将，不让睡觉。总之，什么招儿都使上了，《焦裕禄》获得了成功。本来，颁奖会上我打算朗诵一首普希金的诗，因为我不会别的，实在没节目，但念了念，不太像我当时最想表达的。后来有个记者朋友问我最想

留恋的
张望

说的是什么，我憋了半天，憋出了："苦和累，都让一个好人焦裕禄受了；名和利，都让一个傻小子李雪健得了。"这两句话确实是我的心声。

未承想，当岁月的年轮碾过 12 个春夏秋冬以后，当年那个被掌声和欢呼声捧到天上的傻小子，一下子摔到了地下，饱受疾病的煎熬。1999 年，是新中国 50 周年大庆，我跟着陈国星导演去新疆拍《横空出世》，因为我曾是二炮下属特种工程兵战士，打过山洞，挖过坑道，有"军人情结"。40 多摄氏度的高温，穿着棉袄，不用化妆嘴唇就全是裂的，还要抓起一捧一捧的沙子往脸上扬，仿佛把一辈子的沙子都吃了。拍完这个戏，有种意犹未尽的感觉，因为觉得测控人太不容易了，太了不起了，都是民族的精英！他们付出的和得到的远远成不了正比。所以就又参加了一部反映航天测控人生活的电视剧。戏拍了一半，我病倒了。当时，演员的本能告诉我，戏是不能停的，因为人家都投资了，可生病的后果也不知道啊，著名导演田壮壮闻讯后赶到拍摄现场，帮助剧组从西安迁到北京，让我边治疗边拍戏。因为我以前演了不少好人，所以治疗过程中遇到了许许多多的贵人，给了我极大的关爱和帮助。拍完最后一个镜头，全剧组的同志含泪为我鼓掌，我高兴极了，觉得拍完是美的，撒手不管是丑的，我对得起自己的良心，没有因为我的原因而让大家学习英雄、宣传英雄的愿望和努力半途而废。尊重艺术，珍惜每一次创作是演员的天职。老前辈们说过，戏比天大！现在回想起来，丝毫没有多么了不起的感觉，只是觉得欣慰，挺有意思的，做戏先做人，咱没有只挂在嘴巴上。

角色与人生

说李雪健特立独行，恐怕没人会相信。他留给人的印象不外乎朴实、谦和、稳重。若说李雪健饰演的角色特立独行，相信不会有人反对。观众在为大银幕上的《杨善洲》《老阿姨》感动的同时，在央视黄金档播出的大戏《誓言今生》《孤军英雄》《有你才幸福》《人活一口气》《北部湾人家》，以及在多个卫视频道播出的《少帅》《嘿，老头！》中，他饰演的各色人物无不引起广大观众的好评和业界人士的称道。李雪健用角色说话的本事不能不令人佩服，然而，在对他塑造的角色谈天说地的热乎劲儿中，人们怎能不越来越清

留恋的
张望

晰地看到这位艺术大家几十年来孜孜以求的身影和他为此所付出的一路艰辛！

让我们撷取观众和读者不一定知道的几个片段吧——

《历史的天空》是李雪健大病痊愈后真正意义上的复出之作，在张丰毅、杨树泉、孙松这些曾经合作过的伙伴面前，通过默契的交流他很快如鱼得水，找回了自信。他和张丰毅有一段戏，大概是杨司令员训斥姜大牙，两人你来我往，看得导演忘了喊停机，戏却没有断，依然往下演，此时的李雪健治疗后已离不开水，大段戏说得早已是口干舌燥，他顺势命令姜大牙："我渴了，给我倒点儿水喝。"张丰毅一个立正："是！"心领神会结束了这场戏。还有一场令人记忆犹新的戏：杨司令员在整改中赶来救姜大牙，情急之时他即兴地拔出了警卫员的手枪，强压着火让万古碑放出姜大牙，一下子把剑拔弩张的对峙推到了顶点。这部戏获得了中宣部"五个一工程"奖。获奖后，剧作者之一的蒋小勤特地从南京打来长途电话，感谢李雪健把杨司令员的词改得那么好，把原剧本中那么单薄的一个人物演出了光彩。著名专栏作家、影评人徐江在《历史的天空：魅力男人戏》中写道："自称是大绿叶的李雪健，出演的杨司令员和他过去所演的焦裕禄、宋江等角色一样，都能在观剧的快感之外，再给人多带来一层表演美学上的享受。他一直是戏比天大，一直兢兢业业，在恪守角色本分的同时挥洒着他的死磕精神。"

《搭错车》是高希希团队为李雪健量身定做的。长达22集的篇幅里，让角色不说话，这本身对李雪健来说就是诱惑，很长时间他都在揣摩人物的状态，反复观看卓别林时期的影片，希望为自己的表演找到灵感。在《搭错车》里饰演刘芝兰的青年演员李琳用她文采四溢的笔触形象地做了描绘："在高手如云、英雄各领风骚三五载的演艺圈，李雪健是我遇到的男演员当中极会演戏的一个。在他不动声色的面容里、在他清清瘦瘦的身体里，却蕴藏着翻腾的未知的能量。有时候坐在监视器旁看他神龙不见首尾而又收放自如的表演，常常捶胸顿足：'天哪！他那一副演戏的肠子，哪怕借我一截儿阑尾，我也成气候了。'"

《新上海滩》是辗转了多位导演最后又锁定高希希的。高导接手的第一件事就是请出老大哥出演冯敬尧。李雪健把冯敬尧这个人物有魔鬼与慈父双重身份作为脉络，始终不让角色游离。他并没有故意去表现一个黑帮老大的霸气，草地上他能和女儿欢快地跳皮筋，那瞬间的确阳光灿烂，但当女儿

留恋的
张望

遭绑架，他又能不动声色从牙缝里挤出"我不痛快""我让他活不过今晚"，从而让角色身上散发出来的时代特质证明，他就是上海滩的枭雄！

很快，陆天明反腐力作《高纬度战栗》又摆在他面前。一年只接一两部戏，让李雪健有充裕的时间来研读剧本。上半年，他演过的冯敬尧是个"黑爷"，下半年他接下的劳爷是个"红爷"——一个为调查商官勾结不惜脱掉警服当卧底的平民英雄。劳爷，圆了李雪健从小崇拜杨子荣的梦，他索性把劳爷当成了现代杨子荣，亦正亦邪，机智果敢、挥洒自如；老帅哥、老小孩、嬉笑怒骂、装傻充愣，一个另类的不像警察的警察，最后为防腐和反腐献出了自己宝贵的生命。这就是他给劳爷定的调子。至今，很多人还在津津乐道这样一场戏：面对马三持枪劫持劳爷的妻子，李雪健以静制动，苦口婆心，晓之以理、动之以情的精准表演。这部戏重播时，竟有一对夫妇半夜爬起来专门等着看劳爷，他们说，李雪健演得太绝了，每天都看，真是欲罢不能。

中央电视台的重点电视剧《台湾·1895》，是以李鸿章为主线的。该剧从 1873 年抗法运动讲起，到 1895 年清朝割让台湾结束，以宫廷内部主战主和两派矛盾、中日社会变化及其矛盾为冲突点，真实再现了马江海战、甲午战争等转折点。李雪健认为，对于这个颇有争议的人物，不能把他符号化、概念化和游戏化，因为他是一个非常真实的人。这是一次对历史的真实再现，容不得半点虚假。他说："让我演，我就要把这个过程交代清楚，即便是血淋淋挣扎的过程，我也要享受。我演出的过程就是一点点撕标签的过程。这段历史别说青少年，我们很多大人都不是十分清楚，通过影视剧的形式告诉观众，台湾自古以来就是中国领土不可分割的一部分，也算是我们文艺工作者不可推卸的使命和自我学习的过程。"拍摄期正值盛夏，据称当时室外温度高达四五十摄氏度，演员们粘上胡须、穿上厚重的官服演戏，辛苦异常。李雪健却说："一旦投入进去，就有一股民族激情自始至终激励着我。我撑得住。"

据史料记载，李鸿章签

作者探班电视剧《台湾·1895》，与李雪健（剧中饰李鸿章）合影

留恋的
张望

约后曾写有一首诗：

> 劳劳车马未离鞍，临事方知一死难。
>
> 三百年来伤国步，八千里外吊民残。
>
> 秋风宝剑孤臣泪，落日旌旗大将坛。
>
> 海外尘氛犹未息，诸君莫作等闲看。

原诗是"伤国步"，但编剧写的是"伤国乱"，到底用"步"，还是用"乱"，他都要和导演韩刚字斟句酌商量许久。这种推敲充盈着整个创作过程。及至戏制作完成好长时间了，李雪健某天看凤凰卫视，恰恰讲到这首诗，播音员念的不是"落日"，是"落曰"，他马上给制片方打电话，说自己念的可是"日"，让他们查查要不要改，回复说不用查也不用改了，这首诗整个拿掉了，与这首诗相关的戏基本也拿掉了，并且告知，从大局出发，李鸿章的戏还会有大量删节。李雪健的心情可想而知，当初他就是冲着知耻的卖国贼去的，"你把知耻拿掉了，就剩卖国贼了"。由此，我们看到的是李雪健的创作态度："历史给李鸿章的定论既名留千史又遗臭万年，他卖国图存的时候是知道耻辱的，这个卖国贼不是贴在脑门子上的，是有血有肉的，他代表清政府签订《马关条约》的时候也是逼到那个份上了。他是晚清的重臣，他不去谁去，总不能让皇上去吧。"在有限的篇幅里，用自己的声音、自己的躯体、自己的眼神，用自己对表演的痴爱，为观众呈现了一个既遭唾骂又聪明绝顶的李鸿章：面对朝廷他殚精竭虑，面对洋人他据理力争，面对同僚他老谋深算，面对北洋水师他慈祥有加；甚至在面对突然的遇刺，躺在异国的病榻上、即将背负卖国的罪名，但在列强面前也没有弯曲老迈的脊梁。让我们不得不承认的是，剧中的李鸿章不再是一个标签化的奸臣。李雪健在或有或无的表演中，将一个握有兵权、有极深谋略的晚清重臣，通过向列强求和，乃至成为万劫不复的历史罪人这一过程展现得清清楚楚，这个斡旋在朝廷和洋人之间、最后在风烛残年之后竟落得郁郁寡欢的李鸿章，竟也搅得观赏者的心像打翻了五味瓶一样来回翻腾。

在反映深圳改革开放 30 年的电视连续剧《命运》中，他饰演深圳市委书记宋梓楠，与他刚刚演完的李鸿章大相径庭。这又是一次变脸、一次转身。李雪健深感压力很大，他秉承一贯的做人、演戏的准则，诚惶诚恐地投入每一场戏的

留恋的
张望

拍摄。他发现群众演员的金丝眼镜和年代不符、发现领导干部的长头发和年代不符、发现道具车的轱辘和年代不符后，像老大哥一样提醒各部门尽快调整。

央视热播的电视剧《有你才幸福》来源于真实生活："老北京"祺瑞年在晚年遭遇老房拆迁、老伴离世、子女分财产等一系列生活和情感危机，剧中涉及诸如拆迁补偿、黄昏恋、房产争夺、啃老、空巢等诸多民生问题，堪称中国版的《老无所依》。剧中主人公祺瑞年，这个善良到让人心疼的老人，由李雪健出演。他说："看剧本时我笑出了声，哭出了泪。我有段时间不拍戏了，接下这部戏就是因为剧本很生活，说的就是眼前的事。我特别理解老年朋友。他们的自尊心其实特别强，需要社会的包容和尊重。老人们的一些思想或许很陈旧，也根深蒂固，要让他们现在更新，很困难，说实话也来不及了，而老人又不想成为社会和亲人们的负担，同时他们又很害怕孤独，所以这个时候就需要社会的包容、家人的理解。"35集的电视剧，连着播了半个月。剧中李雪健和刘莉莉饰演的恩爱夫妻，以及他和陶慧敏上演的那场隐忍、真挚、委屈的"黄昏恋"，无疑成为该剧的亮点，赚足了观众的眼泪。即将跨过59岁门槛的李雪健，又把一个性格鲜明，却好像时时就在我们身边的"这一个"，响当当地添进了他的人物画廊。

从抗战时期的我军高级将领杨司令员到平头百姓哑巴孙力，从黑帮老大冯敬尧到人民作家赵树理，从反腐英雄劳爷再到历史名人李鸿章，乃至近几年来简直让我们目不暇接的电影《山楂树之恋》《杨善洲》《一九四二》，长篇电视连续剧《誓言今生》《孤军英雄》《父爱如山》《有你才幸福》《平安是福》《美丽人生》等，这一个个没有关联的艺术形象的成功塑造，让我们感到李雪健是在向着一个高度努力，是在借角色传达一种思想，借角色之间的衬托，宣扬善良，抵制邪恶。

曾经这样"告别"

2000 年 11 月，李雪健在陕西参加电视连续剧《中国轨道》的拍摄期间，被检查出患了鼻咽癌。当时戏才拍到一半，为了不影响剧组的进程，他坚持一边拍戏，一边在医院接受化疗。看到他日益消瘦的脸庞、日益疲惫的身躯，特别

留恋的
张望

是一边忍受治疗中的痛苦反应，一边仍在精益求精地一场接着一场地拍戏，现场所有工作人员无不为之动容。大家都清楚，他是在用心血和生命铺筑着《中国轨道》。最后一场戏，正是治疗反应最痛苦的时候。那一大段台词，他说得有些吃力，也有些哽咽："今天，是我执行军人生涯的最后一个命令。我一直在回避它，我不愿意执行。作为军人，我梦想成为将军，我没做成，我遗憾；作为科技人，我梦想成为最出色的专家，我没做到，我不服；但作为一名中国的测控人，我从来没有后悔过，我永远也不后悔。"现场响起暴风雨般的掌声。所有人都知道，李雪健是在用真情实感宣泄着角色，同时，也代表自己和所钟爱的表演事业做一个告别。这是一个深情的告别、一个并不张扬的告别、一个撼人心扉的告别。因为没有人知道这个告别究竟是暂时的还是永久的，大伙儿的心揪在一起……

这年冬天，北京的雪下得好大啊……

李雪健倦鸟归林了。他驾着折了风帆的船，摇摇晃晃驶回了家的港湾。当一颗喧嚣的心尘埃落定的时候，记忆的浮萍会若有若无地闪现。终于有时间重拾思绪，重新审视自己演过的角色了。当"串戏"这两个字在脑海中定格的刹那，李雪健的心咯噔了一下：妈，老爷子，我竟然也"串"了那么多的戏呀！他为没坚持给宋江（电视剧《水浒》）配音、为潘安（电视剧《尚方宝剑》）的失败、为冯石将军（电影《横空出世》）的虚胖懊恼不迭。他默默地拾起沾了些许灰尘的画笔，像小学生一样写下一首儿歌："你伸手指头，我伸手指头，拉拉钩，拉拉钩，拉拉钩，我们都是好朋友。"画了一幅儿童画——《心心相印》。做完了这些，他写下大大的"心境"二字。上帝为他关上了一扇门，却又打开了一扇窗。不知不觉之中，李雪健的书法有了长足的进步，要字、要画的竟大有人在。他也实诚，不仅写字作画，非要裱好、做上画框送给人家方才满意。问他为什么，他说，有了框就能挂墙上，就证明人家喜欢，丢不了了。

"宠辱不惊，闲看庭前花开花落；去留无意，漫随天外云卷云舒。"大彻大悟，李雪健重出江湖。他说，这几年的经历让我有了些感受，懂得了珍惜，我回来了！

他要做的是将多年的艺术积累加以丰富，多和年轻导演沟通，力求通过每部戏的塑造让遗憾尽量少些，多带给观众一些值得回味的东西。

圈内的同行和圈外的观众都有同一种感觉，从《历史的

留恋的
张望

天空》开始，雪健痊愈后拍的戏，一部比一部精彩，而此时的他，从容、淡定，宠辱不惊。他主演的电视剧《美丽人生》，并没有先声夺人，竟在曲终人散后以润物无声般的感觉悄然萦绕在众多观众心头，挥之不去。《美丽人生》播出期间，北京电视台的负责人曾给李雪健发信息：李老师，戏的收视率虽然还没到很高，但您的表演简直是太精彩了，期待着我们的合作。李雪健当即幽默地回了一条：我一定要为提高收视率而努力奋斗！

落雪无声，雪健的小院里已是一片洁白。他拿起画笔，饱蘸朱红，完成了那幅于海丹十分欣赏的《寒梅一品红》。

情牵大亮山

大亮山在哪儿？在云南边陲保山施甸县境内。为何叫"亮"山？因为它秃，光秃秃一片荒凉。

20多年前，一位从地委书记位子上退下来的老人在这里搭下窝棚，日复一日、年复一年地种树不止、护林不止，一直干到22个年头后的一个秋天，他再也干不动了，离开了这个世界。这位老人叫杨善洲。

20多年后，一个演员来到这里，要把老人的事迹搬上银幕。他说："刚接戏那会儿，我对这个人物的真实性还有怀疑，世界上真的有这样无私的人吗？可到了保山后亲眼一看，我为我心里有个问号而感到内疚，说夸张了有点儿羞耻。我上了大亮山的林场，看到过去曾经光秃秃的一片山，现在变成了一望无际的大林海。这森林不是假的，是这个老爷子退休后带了一帮子人，在山里20多年干出来的。"于是，他钻进了杨善洲的生活，翻山越岭重走杨善洲的路，还借来杨善洲的衣服、帽子、布鞋、油灯、拐杖，整天穿着、拿着找感觉。他说他的灵魂得到了一次净化，成了杨善洲的"粉丝"。这个演员是李雪健。

电影拍完进入后期制作，有人说，这片子能获奖。李雪健说："如果得奖，我要把奖杯捐给老爷子。"他把这个念头说给朋友们听时，谁都没在意。

谁知，这是他内心的一个承诺！

电影《杨善洲》获奖了，像以往，一次创作完成，画了一个圆满的句号。可这次不同，大亮山上那个远去的老爷子的身影，还牵着他的心，他还有个愿要还。

《杨善洲》很容易使人联想到《焦裕禄》，不仅因为两部影片有类似的主题，还因为它们是李雪健演艺生涯的两座丰碑。1990年，电影《焦裕禄》使李雪健迎来了表演事业的第一个高峰，夺得了当年的中国电影金鸡奖最佳男主角奖和大众电影百花奖最佳男演员奖；20多年后，李雪健再度通过他精彩的表演，使观众记住了另一位人民的好书记——杨善洲。

然而，20余年过去了，很多东西发生了改变。两部影片上映之后的不同结果，令李雪健感慨不已。"那年6月30

日，《杨善洲》在北京人民大会堂首映。7月19日，全国公映，我当时在昆明。云南观众的热烈反应使我很兴奋，可北京一家影院，8个放映室，当天只有一个放映室在午饭时间安排了一场放映，全场只有两个观众，其中有一个是我爱人。听到这个消息，我一宿没睡着觉。一盆冷水泼得我浑身发凉。回到北京两三天后，我又接到儿子的电话，告诉我，另一家影院在晚上7点半安排了一场，比7月19日那天好了一些，有3个观众，其中有一人是他。同期上映的《变形金刚3》，当天票房过亿！为什么？我便去看看一天票房过亿的电影是什么样的。看完后，有人问我感受。我说，哪个国家哪个民族不夸自己啊，文化是一种意识形态，所谓寓教于乐。《变形金刚》不就是美国先进武器的广告嘛！《变形金刚3》广告片票房一天就上亿，我蒙了，也不懂。后来，《杨善洲》票房也过亿了。我的一个朋友带着孩子去看，看完后，他发了一条信息给我，说孩子流泪了。我看到这个信息之后特别高兴，给他回信息说，我给你发信息的时候，我要流泪了。我得到了安慰，得到了鼓舞！"

"相似的人物和电影，为什么会有如此天壤之别？是时代不同了，观念不同了，还是什么？"李雪健说他仍然没有想

留恋的
张望

清楚。不过，让他欣慰的是，年轻观众对于这部影片的接受和认可。在第 19 届北京大学生电影节上，他凭借《杨善洲》荣获最佳男演员奖。"我儿子说过，我这样的演员在年轻人中人气不旺，但我上台领奖时，同学们的掌声给了我极大的鼓舞。我说，这个掌声不是给我的，是给老爷子的，是对杨善洲这个人物的认可和热爱。"

也许是回应李雪健的一片赤诚，电影《杨善洲》继在大学生电影节上获奖后，又先后夺得了中国电影华表奖、北京国际电影节奖和北京影视春燕奖。我知道这一座座奖杯在他心里有怎样的分量！

2013 年的金秋 10 月在李雪健的期盼中来临了。

10 月 10 日，是杨善洲逝世 3 周年的忌日，也是云南保山杨善洲事迹陈列室建成开展的日子。8 日清晨，我有幸随李雪健提前两天踏上了"还愿"之旅。飞机从北京经转昆明，降落在保山机场后，我们一路奔波，沿施甸河溯源而上，两岸格桑花开得正旺，雪健心情大好。到达林场后，又换乘越野车一路颠簸，终于攀上了大亮山顶。至此，行程已逾 2600 公里。极目远望，林海绵延，郁郁葱葱。雪健在杨善洲的塑像前伫立凝思良久，自言自语："老爷子，我来看你了。"由于赶路急，我们没有带鲜花来。真巧，在我们之前到来的几个参观者一下认出了李雪健，十分惊喜。他们刚刚把一个大花篮放在墓碑前，一位抱着女儿的年轻妈妈就把自己手中的一束金黄色的菊花递给他，大家一起深情地缅怀杨善洲老人。此情此景，令人动容。

10日上午，在捐赠奖杯仪式上，施甸县女县长张云怡郑重地一一接过奖杯后正要退下，雪健忽然说："张县长，你先别走。"县长一愣，大家也有点儿愣。雪健从包里掏出一个厚厚的信封，说："我还有件小事要托付给你。这是我拍《杨善洲》得的奖金，我也带来了，我托你把它转交给杨善洲的大女儿杨惠菊。逢年过节，清明到了，让她替我给老爷子扫扫墓、献把花吧。"立时，掌声四起。"也替我去家里的墓地，给跟着老爷子吃了一辈子苦的张玉珍阿姨上坟……"哽咽，他说不下去了。我看到，主持仪式的保山市委常委、宣传部长蔺斯鹰，忍不住转过身去擦拭眼泪……

其实，还有一个细节大概只有我知道：电影《杨善洲》获得的奖项，不只那4座奖杯，它还获得了大众电影百花奖的提名奖。出门前收拾奖杯时，雪健说："提名奖，有点儿遗憾，就不拿了吧。"可他却把因提名奖得到的1万元奖金

留恋的
张望

也装进信封，和那 4 座奖杯获得的奖金一起捐给了杨善洲的后人。

要和大亮山说再见了，保山市委书记李正阳一早赶来送行。瞧吧，雪健要带回北京的有杨善洲的大女儿惠菊摘的柿子、存下的核桃，二女儿惠兰亲手酿的葡萄酒、酸茄醋，老三惠琴更是木耳、三七、红茶、蚕豆等大包小包占满了手。人群中，一直默默跟着的年近七旬的善洲林场老场长自学洪，手里备着一瓶矿泉水，一有空隙就赶紧把水举过来："雪健，喝口水哟。"

我不禁有点儿恍惚，这是拍电影还是生活中啊？

无关紧要。大亮山的"还愿"之旅，已是那样深地留在我的记忆中了。

嘿，雪健！好一个老头儿

大凡一部热播的电视剧，临近尾声总让人揪心。2015 年 4 月"霸屏"的这部《嘿，老头！》，更是让观众在大呼过瘾的同时，纷纷猜测着老头儿刘二铁的命运结局。网络上，微博、微信朋友圈中对李雪健饰演的老头儿点赞一片，最有意思的是网友跟帖：雪健老师怎么知道老年痴呆是啥样啊，生活中的他不会真的像刘二铁那样吧？

这些日子，每当晚上 7：30《新闻联播》一过，李雪健就痴呆了，他就是老头儿，老头儿就是他。其实，在电视剧开播前，那首片尾曲《当你老了》就以 MV 的形式传开了，吊足了观众的胃口。是啊，当你老了，当我老了，当我们都成了退休的老头儿老太太，生活又是怎样的呢？

第一集在人们的期待中开播了，刘二铁刚从火车司机的岗位上退休，还不老。但孤独的他在端起酒杯的刹那，手竟抖动起来，他一次次努力，换来的却是两只手更不听使唤。那可是曾经开着火车、拉响汽笛的一双大手啊！沮丧、无奈、委屈、不服，写在李雪健，不，刘二铁的脸上。导演杨亚洲在接受媒体采访时说，这场戏是整个电视剧拍摄的第一场戏，也是重头戏。宋佳说，她那天很早就来到片场，要看看前辈李雪健如何演。说不出李雪健怎么准备的，镜头前的他顺利完成了拍摄。用宋佳的话说，和国宝级的艺术家雪健老师演对手戏，感觉他是我们所有人心中的演技派男神。岁月本身给他留下的东西就特别有魅力，而他在演绎过程中把这种魅力发挥到极致，令人折服。杨亚洲导演特别提到，这场戏毕竟是一个老头儿喝闷酒，片长四五分钟，有人认为太长了，该剪掉。杨导不容置疑地表态：不剪！他说，雪健老师是非常现实主义的表演风格，一生不胡演。必保这几分钟不仅是剧情的需要，也是影视表演中堪称经典的镜头。当时围观的青年演员都看傻了。雪健这个长镜头演"嗨"了，后头就顺了，越来越好。

在雪健越来越好的演绎下，老头儿的阿尔茨海默病却在加重。儿子海皮回来了，胡同大妞儿易爽来了，狗子、老贼、小凤、白洋，再加上吴冕演的易爽妈，还有那个跳芭蕾的李小花，这戏真的热闹了，好看。清明来临，人们仍在追着看，伴着慎终追远、怀念先人的劲儿，如何对待空巢老人、该怎样在父母生前尽孝、如何改善父子关系等社会问题，又被搅得热浪似的。雪健一如既往地入戏，他的眼神、他的语言，甚至那一溜儿小跑的小碎步，又有别于他以前塑造的任何一个角色。患阿尔茨海默病的老头儿尽惹事，剧情就跟着他跌宕起伏，观众就跟着剧中的海皮、小爽一会儿急，一会儿气，一会儿又破涕为笑。演到第 13 集，老头儿竟出走了。所有人这个找哟！精疲力竭的海皮想起自己小时候淘气走丢，老爸焦急地找他，终于找到了，上来就是一巴掌。如今他懂了，那一巴掌里是浓浓的父爱。老头儿自己回来了，坐在胡同口的地上睡着了。当他睁眼看到儿子时，是一个笑了的特写。演员黄磊在一次电视节目中说，雪健老师的这一笑，是一个再普通不过的慈父的笑容，他却忍不住眼泪一下就涌出来了，泪流满面。

我看到这儿时，再也难抑泪水，忍不住发了条朋友圈：嘿，雪健！老头儿让我想起自己的父亲……瞬间，朋友圈跟帖满屏了，刷屏，又满。很多朋友也在看老头儿呢，不吝溢美之词给了李雪健，情同此心！

老头儿的故事让我每晚追着东方卫视。结局如何？

从预告片中得知，小爽终于答应嫁给海皮了，不过她郑重地抛出一句："哼，看在老头儿的面儿上！"

老头儿好有面子，老头儿演得真好！

又见银幕李雪健

说到雪健最好，不能不提到 2016 年上映的一部电影《老

留恋的
张望

阿姨》。

挨到 7 月下旬了，电影《老阿姨》才排片进入院线，终于和观众见面。7 月 25 日，北京憋着一场大到暴雨，预警信号已从黄色升为橙色了。下午，我提前赶到位于中央新影院内的新彩云国际影城，发现《老阿姨》的"人气"并不差，这种天气还有几位小青年也买了票。一会儿，李雪健来了。没想到他来，因为一个多月前他刚做了一次大手术，身体尚在恢复中。陪他来的，当然是生活中的"老阿姨"——妻子海丹。我们握手，且目光在交流：这样一部主旋律献礼片，而且《老阿姨》的片名又是那么平淡无奇，它能吸引观众走进电影院吗？即使坐在放映厅，能坚持看完全片吗？

雪健坐在影厅最后一排。他和我们一样，也是第一次在电影院完整地观看全片。

有必要说几句"介绍"上的话：故事影片《老阿姨》取材于"开国将军"甘祖昌与夫人龚全珍的真实事迹。新中国诞生后，国家进入社会主义建设时期，被授予少将军衔的甘祖昌，考虑到在战争艰苦环境中落下疾病的自己，已不适应再在部队带兵，为了不拖累部队，他不顾上级的挽留，毅然决定脱下军装，回家乡当农民，用自己的双手养活自己、建设家乡。龚全珍也无怨无悔地随丈夫回到江西省莲花县老家，几十年一直发扬着甘将军"老老实实、勤勤恳恳"的精神，从山村小学老师做起，一辈子投身教育，关爱下一代成长。2013 年，91 岁高龄的龚全珍获得第四届全国道德模范称号，并被习近平总书记亲切地称为"老阿姨"。

电影开演，银幕上出现的是黑白色调，茫茫风雪中，一幅我解放大军进军新疆的恢宏画面。在这种背景下，镜头摇向迪化车站：一些被动员来支疆的女战士因不满上级介绍对象，纷纷带着情绪要离去。这时一辆军用吉普车驶来，甘祖昌出现，他不是来阻止、批评她们的，而是来送送这些女战士。他坚定地说，无论去留，你们都是建设祖国的好青年！毋庸置疑，演员李雪健开场就通过一组简短的镜头，把一位经历过二万五千里长征、一身英气，且是她们的最高首长的可亲、可敬的形象，定格在银幕上，也深入年轻女兵们的心中。陶慧敏饰演的龚全珍当然在场，她初识"甘部长"，一双纯情、羞涩、美美的大眼睛的特写，告诉我们：好戏开场了！

《老阿姨》的开头十分精彩，可谓先声夺人。饰演战场上的我军将领是李雪健的强项，那一招一式，很有几分电

留恋的
张望

影《英雄儿女》中田方饰演的政委王文清的模样。随后，影片跟从故事情节的发展，由黑白片转为彩色片，用简洁的故事脉络，于细节处展现甘祖昌和龚全珍这对革命伉俪扎根家乡、建设家乡的时代语境，以深刻的影像笔触，在主题上彰显共产党人心系人民的优良传统，其中既有对甘将军艰苦奋斗的现实主义刻画，也有对龚全珍一生相随、大爱无私的浪漫描绘。

一部电影的容量是有限的，《老阿姨》却有沉甸甸的分量。它把一对典型人物的塑造，成功融入中国革命历史进程的宏伟画卷之中。这让我想起创作之中的李雪健。网上曾有文，流传甚广，标题是《李雪健，配得上中国最贵的男演员，却朴素得让人心疼掉眼泪》。这标题过于偏颇了，最贵是指片酬吗？如果是，那雪健当然不认；心疼，是说他跟着剧组吃盒饭吗？其实，演员李雪健公开说过，有好片子，能跟剧组一起吃盒饭，对他来说，是最幸福的事了。圈儿里人都知道他对剧本、对角色的选择是严之又严，甚至到了挑剔的地步。但他一旦认准了，就会百分之百地全身心地投入。《老阿姨》的剧本九易其稿后，他都没有接，直到著名编剧史建全的加入，拿出了第 10 稿，他才接下男主演甘祖昌这个角色。拍摄前，他已深陷其中，阅读了大量资料，并在龚全珍写的《我和老伴甘祖昌》书里发现、挖掘到很多细节。于是我们在银幕上看到这样精彩的镜头：甘祖昌在少将部长任上给战士们讲起，他的革命领路人是党派到乡村发动群众的一位姓李的特派员，青年甘祖昌从他讲的道理中知道了穷人受穷不是命中注定，而是万恶的剥削制度造成的。他大声告诉战士们，这位给他播下革命火种的李特派员，就是方志敏。在红军长征翻越雪山的途中，饥饿劳累交加的甘祖昌瘫倒在地上。一位首长走到他身边，伸出一双大手，命令道："起来，不能坐，你必须站起来！一定要坚持！如果你现在不站起来，就永远站不起来了。"这位唤他起来，并让他拉住马尾巴，坚持走过雪山的红军首长，正是任弼时同志。特别是影片运用"幻觉"的手法，浓墨重彩地描写甘祖昌与牺牲了的战友、红军烈士的心灵对话。比如新婚祭酒、授衔前的内省、三年困难时期的为民请命，还有"文革"中愤怒地登上批判台陪妻子挨斗，甘祖昌都出现了"幻觉"，而且这种"幻觉"不是一闪而过，也不用拍摄惯例的"黑白"片手法，而是用浓重、鲜明的彩色片再现红军战斗、行军、牺牲的壮烈场景……那几

留恋的
张望

天，天穹飘下鹅毛大雪。雪健长叹一声：老天助我！于是，今天我们在银幕上观赏到这样的一幕：皑皑白雪中，风展红军旗，身着将领服装的甘祖昌，手执马缰，在战友们的簇拥下，目光坚定地前进、前进！这颇为震撼的画面，不能不给观众留下深刻的印象。正是这些革命征程、红军魂魄，支撑着甘祖昌强大的内心世界，也成为《老阿姨》整部电影描述的一个个动人故事的依据和源泉。在电影创作方面，主人公通过"幻觉"的方式，强调人物的内心世界，立体呈现给观众，更能引起共鸣的内涵，这在以往的故事片创作中并未见到，是一种创新。

又见银幕李雪健。怎么是银幕又见？因为他一贯低调、不凑热闹。他说，演员要用角色与观众交朋友，他说他格外珍惜演员这个名号。他对家人这样说，对朋友这样说，对观众这样说，对总书记也这样说。我算银幕外能见到雪健的朋友之一，记得 2015 年 11 月底，天气奇冷，我们踩着雪后泥泞去《老阿姨》片场探班。那天是以拍摄一组群众演员为主的镜头，雪健一早起床化妆，在途中颠簸了 5 个半小时，从塞外大漠另一个拍摄地赶过来。他顾不上吃午饭，在面包车里补了下妆，就精神抖擞地投入拍摄。重拍一条时，本不用他陪戏，但他坚持在寒风中与群众演员搭戏，又是倾情投入，打动了现场的所有人。电影《老阿姨》杀青后不久，他在例行体检中查出病灶，很快住院做了切除手术。一天我去看他，医生嘱咐少交谈。我们说话不多，他说的两个意思我记住了：一是住院后从院长到主治医生、护士、护工，对他悉心照顾，无以答谢心不安；二是《老阿姨》在做后期，不知他的意见起作用了没。

这天，我们和他一起观看《老阿姨》，"甘将军"默默地坐在后排。影片放映中，我们这排的一位女士就哭出声来，有人赶紧递给她纸巾。影片结束时，掌声响起，鼓掌的包括我们并不相识的青年观众。

我们不禁要为李雪健的精彩表演喝彩。他在这部新片中，写实与写意的手法运用自如，不露痕迹的演技把故事的起承转合演绎得令人信服。人生故事的娓娓讲述中，情感的渲染不煽情、不做作，又不拘一格。令人惊喜的是，这是他继在电视剧《嘿，老头！》《少帅》中塑造的深入人心的艺术形象之后，这么短时间内又给观众奉献出的新角色。然而，同样是党的好干部，却全然不见"焦裕禄""杨善洲"的影子。"农民将军"甘祖昌，无疑将列入李雪健银幕人物画廊，为

留恋的
张望

他的演艺生涯平添一道新的光彩。

我当然要问问男主角的观感如何，雪健告诉我，陶慧敏在《老阿姨》中质朴、流畅的表演，使她攀上了一个台阶。当时影片快开机了，女主角还未确定，她接到邀请后毫不犹豫地赶来"救场"，这一点尤其值得称道。至于他自己的表演，他说留了不少遗憾。但我从他的手机上看到一段留言，是80后青年导演、他的儿子发来的，既然他保留了，应是认可吧。不妨转发一下："庆祝观影成功功（故意多个功字）！一个不一样的形象！一个没那么红色的主旋律！一个没那么煽情的文艺片！希望能有更多的观众看到、认可这个老将军！生活中的老将军、老阿姨也要加油哟！噗噗！"这"噗噗"啥意思？他爹他妈读得懂就行啊！

首都街头华灯初上，车水马龙。雪健和妻子执手伫立在灯杆下等车。不知怎的，他们的影子叠印进《老阿姨》的片尾——

绚烂的田野美丽如画，相偕走过一生风雨的甘祖昌与龚全珍融入其间，他们的相视是那样的不舍、那样的深情，进而双双露出幸福的微笑……

绿叶也情深

时光来到了 2019 年。8 月 25 日的夏末之夜，美丽的青岛会聚了中国最优秀的电视剧人。他们怀着收获的喜悦，前来参加庆祝新中国成立 70 周年优秀电视剧百日展播活动的启动仪式。李雪健因《河山》《希望的田野》两部电视剧双双入选而出现在启动仪式现场。主持人林永健把话筒伸向他，问："雪健老师，您塑造了那么多令人难忘的艺术形象，您的初心是什么？"

李雪健回答："为人民服务。"

我在现场录下了他的话，也是毛主席的话。

主持人和观众显然没有听够，掌声热烈。林永健的话筒也在等待，雪健只好又说了一句："我要努力，好好干活。"

低调的李雪健，格外让人尊重。活动期间，我陪他在宾馆外的海边甬道散步，有机会和他交谈，实录下他的一席话——

今年（2019 年）是新中国诞生 70 周年，一个演员不做点儿什么，心里会空落落的。我今年有 3 部戏给祖国献礼。一部电影是王冀邢导演的《红星照耀中国》，我演鲁迅。斯

留恋的
张望

诺在访问了延安前去上海拜见鲁迅先生。鲁迅接受了他的采访，此时距鲁迅去世只有 4 个多月。这场戏只有几个镜头，我去演了，因为王冀邢是电影《焦裕禄》的导演，他找我，我不好推辞；另外，我也圆了演鲁迅的一个凤愿。

再有就是电视剧《河山》和《希望的田野》，这两部电视剧我的角色都不轻，都是演男一号的父亲，但都是配角，不是红花是绿叶，是离红花最近的那片绿叶。得知这两部电视剧都入选了国家广播电视总局评选的优秀电视剧，双双将在国庆 70 周年前后播出，我很高兴。当不了红花做绿叶，我把绿叶献祖国。

1959 年 10 年大庆时，我 5 岁。我出生的那个地方叫山东省菏泽市巨野县田庄公社田庄大队。冬天，下雪，白茫茫一片。父亲说就叫个"雪见"吧，后来上田庄小学时，改成了"雪健"。红旗下长大，印象最深的是唱着那首歌："准备好了吗？时刻准备着，我们都是共产儿童团。未来的主人必定是我们，滴滴答滴答，滴滴答滴答……"这是电影《红孩子》的主题歌。后来才知道创作这部电影、写下这首歌词的人是乔羽乔老爷。

1969 年时，我早已随父亲来到贵州，黔东南的凯里中学是我的母校。我是校宣传队的，经常站在舞台上唱王莘的《歌唱祖国》："五星红旗迎风飘扬，胜利歌声多么响亮……"那是我进入文艺领域的启蒙阶段。

1979年，新中国成立30周年时，祖国改革开放开始新征程。我已来到北京，穿上军装，成为一名专业演员——空政话剧团的演员。那年的献礼大戏是话剧《陈毅出山》，我的"师父"鲁继先饰演陈毅，我在剧中演一句台词没有的"匪兵甲""匪兵乙"。这部戏很火，演了很多场，我也从没台词的"匪兵甲、乙"转任共产党的地下交通员了，当然是有台词的角色了。

又一个十年过去，1989年我总算有了一部"献礼片"，它就是北京电视艺术中心出品的《李大钊》。这部电视剧的成功，为我带来好运，接连拍了电视剧《渴望》，我演宋大成。1990年是我的本命年，36岁了。媳妇儿给我买了红裤腰带，还往我的挎包里装了好几本有关焦裕禄的书。我一头扎进河南兰考，去和老焦精神对话去了。《焦裕禄》成功了！本来，颁奖会上我计划朗诵一首普希金的诗，因为我不会别的，实在没节目，但不太像我当时最想表达的。李媛媛是主持人，她问我："你最想说些什么？"我就说，"苦和累，都

126

留恋的
张望

让一个好人焦裕禄受了；名和利，都让一个傻小子李雪健得了"。这两句话确实是我的心声。

1992年春节期间，作者（右）陪李雪健到浩然的"泥土巢"做客
李燕刚摄影

1999年，为迎接新中国成立50周年，我早早跟着陈国星导演去了马兰基地，这次是拍电影《横空出世》，因为我曾是二炮下属特种工程兵战士，打过山洞，挖过坑道，有"军人情结"。40多摄氏度的高温，穿着棉袄，不用化妆，嘴唇就全是裂的，还要抓起一捧一捧的沙子往脸上扬，仿佛把一辈子的沙子都吃了。拍完这个戏，拼得有点儿过头，当

时觉得身体有点儿不适，也没当回事儿。我觉得还欠一笔账，那就是默默奉献的航天测控人，他们的感人事迹鲜为人知。我既然已接触、进入这一陌生、神秘的领域了，就有责任表现他们。我全力投入到电视剧《中国轨道》的拍摄中去了。不想，是老天一定要让我停下来歇歇脚吧，戏才拍到一半，被检查出患了鼻咽癌。为了不影响剧组的进程，我一边拍戏，一边在医院接受化疗，坚持拍完最后一场戏。

2009年，我已在深圳完成了电视剧《命运》的拍摄，中央电视台要拍一部庆祝新中国成立60周年的献礼片《台湾·1895》，主角是反派人物李鸿章，要我来演。我给自己定了个调儿，我演一个"知耻的卖国贼"李鸿章。遗憾的是，我努力拍的戏播出时被剪掉不少，我塑造的李鸿章这个人物也打了折扣。

今年（2019年）是新中国70华诞，国家广电总局推出了80多部献礼剧，其中有我参演的两部——《河山》和《希望的田野》。

《河山》讲的是西安事变后，杨虎城部下团长卫大河在抗战烽火中由反共、亲共，最终成为共产党员的传奇故事。王新军自编自导自己主演，我演他的父亲。卫大河的父亲算是

留恋的
张望

个有权威的乡绅，本来不希望孩子习武，更反对儿子去当兵打仗。日军入侵，山河破碎，他被拥戴为支前的头领，投身送粮食、募衣物，掩埋前线战死的烈士尸体，最终他喊出了："年轻人打光了，我们老的上！老的打光了，娃娃们准备着上！"拍这部戏我跟着剧组去了山西、陕西、天津，最后在北京杀青。在这部电视剧中，我不是主角，是绿叶，我心里高兴的是，我是离红花（主角）最近的那片绿叶——我是他爹！没有我哪来的他这个抗日英雄？哈哈。

《希望的田野》是三部曲，重头戏。中央广播电视总台打造的新中国走过 70 年辉煌历程的鸿篇巨制，第一部叫《激情的岁月》，第二部叫《希望的田野》，第三部叫《奋进的旋律》。我在第二部《希望的田野》中饰演一位大学的数学教授，他和几对儿女在改革大潮中经历了各自不同的人生轨迹。吴子牛导演和我是同代人，我们都亲身经历了祖国改革开放 40 年走过的路，我们合作得默契、愉快。由于现在还不能泄露更多的剧情，我就不多说了。好在这三部曲都已确定在 10 月份由中央广播电视总台黄金时段播出，我们就相约在荧屏上见面吧。

绿叶也情深，我把绿叶献祖国。

走进焦裕禄世界

一个共产党人生命中
最为闪光的一段历史

　　迈上人民大会堂的石阶，一股庄重的情感涌上李雪健的心头。作为一个首都的著名演员，他曾有机会多次步入这神圣的殿堂，可今天不知怎么，站在三楼礼堂那辉煌的主席台上，思绪却怎么也集中不起来……

　　啊，焦裕禄生前来过北京吗？老焦进过这庄严的大会

留恋的
张望

堂吗？……

他想起在兰考度过的每一天每一夜，记起默默鼓励他、一直爱护着他的焦裕禄的夫人徐俊雅。当他跳进冰冷的水里拍摄时，徐阿姨心疼地说："这孩子，真难为他。"当他用自己的心较好地展现出焦裕禄的内心世界时，徐阿姨悄悄地抹去眼角的泪水……

啊，是那个大风呼啸的夜晚吧，不善言辞的徐俊雅把两条围巾送到扮演她的青年女演员张英手里，叮嘱道："过去俺给老焦买的就是这，一条送你，另一条是送雪健的……"

鞠躬了，徐阿姨！多好啊，兰考的乡亲们！

这是一次刻骨铭心的创作。李雪健总觉得影片还没拍完，他的思绪，怎能离开那个永难忘却的焦裕禄的世界啊……

一

"让我演谁？焦——裕——禄——？"

李雪健手握电话听筒，怔住了。长途电话是峨眉电影制片厂副厂长、导演王冀邢从四川打来的："对，焦裕禄。剧组在等你。"刚刚为《渴望》配完音，已有好几位导演"盯"

着李雪健上片子，他已经答应担任一部 10 集电视连续剧的主角。而且，进入千家万户的那个"宋大成"，怎么能和焦裕禄连在一起？

电话挂断了，片约推掉了。可不知怎的，那个既熟悉又陌生的名字——焦裕禄，却久久萦绕在他的心头……

1976 年，22 岁的李雪健考入空政话剧团。几年后，由于他在话剧《九一三事件》和《火热的心》里成功地塑造了林彪和朱伯儒两个反差极大、截然不同的艺术形象，曾一举荣获首届中国戏剧梅花奖。

没有进过高等艺术院校系统学习，全凭着对艺术的执着追求和"只有拼命"的顽强精神，10 年来，李雪健先后在《钢铧将军》《鼓书艺人》《大侦探》《李大钊》等多部影视片中出任男主角，为新时期的银屏画廊增添了一个个独具特色的艺术形象。

应该记下一笔的是，其间，雪健与两个人的相识。

几年前，峨眉电影制片厂拍摄重点片《钢铧将军》，李雪健饰演一号主角"将军"。这是他首次与"峨影"合作。影片拍完，摄制组和厂里的许多同志都对雪健依依不舍，其中有一个人叫王冀邢，当时是峨影厂的青年编剧兼场记。另一位是个

留恋的
张望

姑娘，叫于海丹。她，亭亭玉立，那双美丽的眼睛，使人联想到两个词：纯洁与真诚。在李雪健还"土里土气"时，海丹已被几位导演看中，请去出演女主角。田壮壮执导的第一部引起热烈反响的电视剧《夏天的经历》，扮演女主角的就是于海丹。雪健怎么也没想到，海丹竟心甘情愿地成了自己的妻子。那是排演《火热的心》的时候，两颗真诚的心碰撞在一起。他们终于有了倾吐的机会，海丹对家远在贵州、只身一人在北京的李雪健说："你生活这么清苦，要不，到我家来吧。"

"海丹的家给了我很大的影响。"李雪健后来说，"海丹家是个大家庭，那种淳朴、正直、善良，时时使我觉得温暖。海丹的单纯和她全家那种'滴水之恩当涌泉相报'的以诚待人，给我的印象太深了。"

《渴望》中的宋大成，就是雪健"报恩"的产物。当导演鲁晓威登门请李雪健时，他和海丹都想起了晓威的父亲在雪健困难时给予过的帮助，于是尽管有几部影视片主角的片约等着他，雪健还是答应上《渴望》："配角就配角，一年就一年。"

李雪健毕竟是李雪健，他将全部身心投入《渴望》的创作中去。果然，那个牵动了人们20几个晚上的"大成哥"，受到广大观众的喜爱。

《渴望》"火"啦！剧组受到全国各地成千上万观众近乎狂热的拥戴，雪健却婉言推却了一档又一档见面、座谈、演出等，他在思索，他在苛刻地选择着新角色……

"我能演好焦裕禄。"李雪健对妻子说。

海丹知道，雪健的老家在山东菏泽巨野县，紧靠河南兰考，同样的黄河故道，同样的沙丘、盐碱地；乡亲们逃荒离乡，靠救济粮过日子以及父辈们在那块土地上治水涝、锁风沙的可歌可泣的故事，充满了他童年的记忆。

"那么，给了解你的导演王君正老师打个电话吧。"海丹提议说，"再去问问爸爸他们好吗？"

亲朋好友，各行各业，回答几乎是一致的：哦，焦裕禄！如果我们的党和国家多一些……毋庸置疑，人民怀念焦裕禄，时代呼唤焦裕禄！

时隔数日，《焦裕禄》摄制组的副导演胡涂和好朋友石兆琪，再次从四川来京登门相告：导演王冀邢和全剧组的同志都在等他，扮演焦裕禄，非他莫属。

李雪健是带着一腔热血登上南去的列车的，背包里是海丹从图书馆给他借来的《县委书记的榜样——焦裕禄》《光辉的榜样——焦裕禄》《焦裕禄在兰考》《谈焦裕禄的公仆精神》《向

留恋的
张望

焦裕禄同志学习》等各个年代出版的有关焦裕禄的书。

从读这些书和资料开始，李雪健胸中思想感情的波澜，再也难以平息。

二

一头扎进兰考，和焦裕禄的亲人生活在一起，没想到一盆冷水把李雪健浇得"心里咯噔一下"。焦裕禄同志的妻子徐俊雅，打量着眼前这位大明星、刚刚从电视上走下来的"宋大成"，连声说："不像，不像，你不像老焦。"

作为一个演员，这是最痛苦不过的了。

王冀邢导演丝毫没有动摇过。一有机会，他就对剧组内外的人说："李雪健吃过苦，对生活有很深很独到的理解。他父亲就是焦裕禄时代一个县里的基层干部，一辈子辛辛苦苦，雪健有他的影子、有那种感觉，我完全放心，他一定能把焦书记活生生地推到银幕上去。"

李雪健不安地低头不语，心却不禁向着自己的好友、终日奔忙的导演王冀邢呼喊着：理解万岁！

时已深秋，他跳到冰冷的水里体味焦裕禄走村串户察看水灾的感觉。顶着漫天风沙，他站在黄河故道的风口，像当年的焦裕禄一样怒吼道："镇住它，用防护林镇住它！一道不行两道，两道不行三道，挖挡风沟，拼命也要堵住这个风口。"

减肥，把体重减下去！连续 20 多天，李雪健每天的饭食以白菜汤为主。有时连续拍摄到深夜，饥肠辘辘、头晕目眩，他咬牙坚持着。剧组的化妆师小肖心疼"李大哥"，悄悄地把一把花生塞到他手里。冰天雪地，道具员小欧无论工作多繁乱、紧张，怀里常常揣着一杯热茶，关键时刻他会把杯子及时送到李雪健的嘴边。

令李雪健怦然心动的，还有无数兰考县的乡亲。那天晚上，在兰考火车站拍焦裕禄带领县委一班人察看逃荒灾民的一场戏。李雪健在灯光的照射下心情沉重地出现在数千"灾民"之中，没有任何人部署，一位大娘突然大喊一声："焦书记来啦！"紧接着人群中发出阵阵"焦书记、焦书记呀！"的呼唤，呜咽声、抽泣声四起，数千群众竟失声痛哭。一位老人喃喃道："老焦啊，如今俺不愁吃、不愁穿，你，有钱花吗？"

雪健再也抑制不住，泪流满面。看看导演，王冀邢也在哭，拍摄不得不中止。

焦裕禄病重，在地区赵专员和地委领导的一再催促下，

留恋的
张望

才决定去住院，他要和36万兰考人民告别了。演这场戏，李雪健发自内心难过，他望着暖暖的阳光，望着周围自动围拢来的群众，对兰考大地的深深眷恋和对未竟事业的终身抱憾之情，油然而生。

导演王冀邢大喊："焦书记要走了，大家送送他。"乡亲们拥上来了，制片主任通知大家可以带点儿土产，嚼，鸡蛋、红枣、干粮，篮子都是满满的。此时的"焦书记"似乎忘了是在拍戏，他发自肺腑地对身边数不清的群众说："不敢惊动乡亲们啊……"

这场戏拍完，摄制组按规定付给一位老太太酬金，不料老人拒收，转身离去的时候，她竟大声喊了一句："为人民服务！"

这一夜，月悬高空，万籁俱寂。李雪健辗转反侧，难以成眠，他拿起电话，拨通了北京的长途电话。千里之外的于海丹也还没睡，她急切地问："怎么样，片子怎么样？"

"还行，组里认可了。你别替我揪心了，我有感觉，砸不了锅……"雪健的声音还是那样沉稳，海丹听后却激动得攥着电话听筒，久久不愿放下。

她知道，雪健走进了焦裕禄世界。

三

20多天过去了，李雪健明显消瘦下来了，也越来越有把握。摄制组的男女老少不知不觉中开始叫他"焦书记"。

雪健成了摄制组最受欢迎的人。整个影片，他的戏最多、最重，但拍组里青年演员的戏时，他也到场，积极配合。一有空闲，他总是帮着服装、道具部门的同志干这忙那。一次，在陕西榆林拍片头万人送葬的场面，许多群众演员要见见大明星李雪健，摄制组的同志指着一个肩扛道具箱的人说："瞧，那个扛箱子的就是。"……

影片有一场重头戏：年轻的大学毕业生小魏，由于生活艰苦要离开兰考。原剧本写的是焦裕禄追到车站，把一包沙土送给他做纪念。李雪健觉得这场戏举足轻重，这时候"焦书记"的感情是复杂的，既有通情达理不愿意再让小魏吃苦，同意放他走的一面，又有充满惋惜，真心希望小魏留下来建设兰考的一面。于是拍摄时他向导演提议改动一下剧本。王冀邢说："就按你的设想拍。"

开机了。王冀邢命令道："机器跟着李雪健！""焦书记"忍着病痛追到火车站送小魏，渗出汗水的焦裕禄说："小魏啊，

138

留恋的
张望

你走得急，来不及准备，我从苗圃里包了一包沙土送给你。一来啊，是送你做个纪念；二是啊，你抽闲的时候继续帮咱研究研究这土质。无论走到哪儿，可别忘了全国的地图上还有咱兰考这个地方呀。"然后他催着小魏上车："上去吧，上去吧。道儿远，找个座儿啊！"车轮启动，"焦书记"追着火车小跑，最后肝部疼痛难忍，蹲在地上。当他蓦然回首，发现小魏最终没有走的时候，竟"呵呵""呵呵"地笑出声来。

这场戏一次拍完，其中"焦书记"说的"一来……二是"这段话，就是李雪健的现场发挥。在场的同志激动地把雪健围起来，眼睛大多是湿润的。

《焦裕禄》中有一首插曲，是焦裕禄访贫问苦、带领乡亲们抗灾救灾时唱的。这首歌的歌词是王冀邢根据当地民谣改成的，由曾为《红日》《铁道游击队》等多部影片谱曲的著名作曲家吕其明作曲。录音时，请来的几位歌星虽然都挺卖劲儿，但总觉得不对味，吕其明频频摇头。

时间一个小时一个小时地过去了，李雪健已经深深地被吕老用了几昼夜含着热泪谱写出的这段插曲打动。伴着旋律，拍摄《焦裕禄》的每一场戏，那难忘的日日夜夜，又像剪接好了的样片一样，在他脑海里一幕幕地涌现出来。他情不自禁地唱了起来，而且声音越来越大，不能自持——

墙上哎　画虎哎　不咬人哎，

砂锅哎　和面哎　顶不了盆哎。

侄儿总不如亲生子哎，

共产党是咱的贴心人！

哟嗬嗨！

天上哎　下雨哎　地上流哎，

瞎子哎　点灯哎　白费油哎。

千金难买老来瘦哎，

共产党是咱的好领导！

……

　　雪健粗犷、质朴的歌声，使录音棚里出现了动人的一幕：先是年过花甲的吕其明跟着唱了起来，这位蜚声电影乐坛的老音乐家，挥动起双臂为雪健打着拍子；接着，导演王冀邢示意乐队跟了上来。一遍一遍，直唱得许多人汗水和泪水模糊了眼睛……

留恋的
张望

今天，彩色宽银幕故事影片《焦裕禄》已经在全国各地上映，那首由李雪健演唱的插曲《大实话》，也带着一个共产党人的真诚，传遍了祖国的山山水水。

四

焦裕禄离开我们 26 年了，这个真正的共产党员生命中最为闪光的一段历史，终于被搬上了银幕。当那双人民早已熟悉的眼睛永久地合上，"焦书记"带着对 36 万兰考人的牵挂永远地去了的时候，银幕上巨大落日的辉煌，与泡桐树影的叠印，给观众留下无尽的思念和强烈的震撼。

灯光渐渐地亮了，首次观看影片《焦裕禄》的几百位观众，几乎个个挂着泪痕。沉默良久，整个礼堂才爆发出一阵如潮的掌声。

中央领导来啦。他代表党中央出席电影《焦裕禄》的首映式，并作了重要讲话。他紧紧地握住李雪健的手，勉励他再接再厉，创作出更多真实可信、鼓舞人民斗志的艺术形象来。

《焦裕禄》轰动了全国，被誉为 1990 年优秀国产故事影片的扛鼎之作。在巨大的荣誉面前，李雪健格外冷静，他说，当年是党和人民培养出焦裕禄，今天仍然是人民成就了《焦裕禄》。

春天来啦，他就要应一位著名导演的邀请，接新片子了。他希望电影界出现更多团结、上进，充满光明的摄制组，他希望真心实意为人民服务的精神，在文艺战线更加深入人心。

此刻，于海丹就在丈夫身旁，她深深地懂得，雪健是多么眷恋真善美——那永恒的焦裕禄世界啊！

（原载 1991 年 3 月 11 日《北京日报》，有改动）

雪健和海丹的故事

1990 年 12 月 19 日清晨，电视剧《渴望》中的"大成哥"——李雪健一觉醒来，妻子于海丹已扎着围裙在厨房里忙活了，她要给刚刚从电影《焦裕禄》剧组下来，"苦"得掉了十几斤肉的丈夫补补身子。

吃过早饭，雪健和海丹把 4 岁的儿子亘亘送到姥姥家，然后一同朝国家电影局走去。李雪健刻骨铭心地创作，连续吃苦 50 多天，于海丹日日提心吊胆快两个月，终于，彩色宽银幕故事影片《焦裕禄》拍完了。这天，影片第一次在北京试映，观众是中央有关部门的领导和首都主要新闻单位的文艺记者。

灯光暗了，银幕上的焦裕禄向人们走来。影片放映不到一半，整个小放映厅里抽泣声四起，连一向被视为"最挑剔的观众"的新闻记者也个个挂着泪痕。当那双人民早已熟悉的眼睛永久地合上，"焦书记"带着对 36 万兰考人的牵挂永远地去了的时候，银幕上巨大落日的辉煌与泡桐树影的叠印，给观众留下了无尽的思念和强烈的震撼。无疑，焦裕禄，这个共产党人一生中最为闪光的一段历史，被成功地搬上了银幕；无疑，青年演员李雪健在我国第一部室内剧《渴望》中塑造了宋大成从而走进千家万户之后，又攀登上了一个新的艺术高峰。

无论是领导还是记者，都发自内心地鼓起掌来，许久、许久……此刻，忍不住涌出热泪的李雪健，轻声地在妻子海丹耳边说："这，算作我送给你的生日礼物吧。"

"呀！"于海丹忽地记起，今天，12 月 19 日，恰好是自己的生日啊。这个李雪健，他也真沉得住气！海丹有多高兴啊，要不是有那么多摄像机、照相机镜头对着李雪健，她真想幸福地把头依偎在丈夫厚实的肩头……

"李雪健，以后就叫你李宾啦！"

《渴望》中的宋大成，是李雪健"报恩"的产物。1989年，北京电视艺术中心筹拍我国第一部室内剧——50集电视剧《渴望》。青年导演鲁晓威登门找到李雪健。因在《九一三事件》中扮演林彪而一举成名，而后又摘取中国戏剧梅花奖的李雪健，当时已有好几位导演请他拍片，而且都是一号男主角。鲁晓威的到来，把那些片约全"截"了。李雪健首先想到了自己最困难的1977年，是晓威的父亲，一位令人尊敬的部队文艺界的领导出面推荐他，他才考取了空政话剧团。这个"恩"得报，于是，他对鲁晓威说："你定吧。一切都由你看着办。"

就这样，近一年的时间，李雪健奔波于西郊香山和市区之间，任劳任怨地为《渴望》出力。李雪健不干则已，一干就是全身心地投入，经过他的再创造，剧本里的宋大成"活"了。随着《渴望》的播出，"大成哥"成了姑娘们心中的偶像，雪健难免不陷入近乎狂热的"旋涡"之中。

对于这些，于海丹没有感到丝毫的不平衡。她还是那样对丈夫报以一个会心的微笑，她太了解自己身边的这位"大成哥"了……

海丹属于那种见一面就让人难以忘记的姑娘。她比雪健小3岁，却比雪健早两年走上银幕。当李雪健还在团里跑龙套，出演"匪兵乙"时，她已被影视导演们相中，请去出演女主角了。著名导演田壮壮执导的第一部引起反响的电视剧《夏天的经历》，就是由她主演的。

他们在空政话剧团里相识。当时海丹还是学员班的学员，女兵是不准谈恋爱的。

空政话剧团的集体宿舍，3个女兵住一室。慢慢地，谁也不瞒谁，谁也瞒不了谁，另外两个女伴都悄悄地恋爱了。也巧，那两位捷足先登的男士，姓虽不同，尊名却都是一个"宾"字。"王宾"是她的，"张宾"是她的。那么，"什么宾"是海丹的呢？

热心的伙伴们把李雪健的名字灌进于海丹的耳朵。李雪健，为人忠厚、真诚是出了名的。不仅上台演戏扎扎实实，生活中也总像个老大哥，谁家修房子、换煤气、抬钢琴、拉煤，只要他有空或碰上了，总帮人帮到底，从来不吝惜汗水。这一切，海丹当然也看在眼里。

同上一部戏，使他们有了更多接触的机会。身高1.67米的于海丹，穿上高跟鞋，雪健就显得矮了。他憨笑着告诉她："我精神好的时候，身高 1.72 米，精神不好就 1.70 米了。"海丹一笑："谁问你了？"

1982 年的春节来到了，人们都纷纷回家过春节去了。家远在贵州的李雪健，留在显得格外冷清的单身宿舍里。海丹来了，她拿出一摞电影票，说："跟我们家人要的，好几场呢，你没事去看吧。"

其中有一场是海丹陪李雪健一块儿去看的，片名他俩大概永远也忘不了，叫《海囚》。

进展顺利。李雪健根本没想到，我国著名电影表演艺术家于蓝，是于海丹的亲姑姑；姑父田方是《英雄儿女》里的王政委、电影界有威望的老前辈。海丹的家是个大家族，挑女婿是相当挑剔的，何况海丹是于家的掌上明珠呢。

雪健的照片在于家众多人手里辗转着，最先通过的是和海丹年龄差不多大的嫂子，她惊叹道："呀！真是条汉子！"

"李雪健，以后就叫你李宾啦！"于海丹宣布道。

雪健还是那副让你没脾气的劲儿："行，叫李宾。"

诗人郭小川吟道："战士自有战士的爱情。"已经是干部的"李宾"和还是个女兵的海丹恋爱，自然要受到很多约束。

留恋的
张望

于海丹要去陕西拍电视剧《暖流》了，晚上的火车，她多想让雪健到车站送送啊。可是不行，团里有领导偏在这个时候提醒李雪健"要注意影响"，把他"盯"上了。海丹委屈地一个人走了。

1个月后，《暖流》剧组返京拍最后一个镜头：在北京站抓小偷。

演"小偷"的群众演员怎么也不入戏，把导演急得不得了。他忽然想起，让于海丹从空政话剧团找个演员来帮忙。"小偷"连个正面镜头都没有，何况这么晚了，又下起了小雨，谁肯来呢？

电话一拨就拨到李雪健那儿。这时雪健已是轰动全国的名演员了，他听到海丹的声音，说了句："你等着，我去。"骑上自行车就冒雨往北京站赶。

恋人相见，有千言万语要说，但先拍戏。雪健的功底自不必说了，"小偷"演得导演连声说："谢谢！谢谢！"

回到空政话剧团，夜已深了，大门紧闭，李雪健翻墙而入……

谁知，一位热心的记者以《明星不要报酬甘当配角》为题，把"小偷"的事给捅出去了。这一捅捅出了"娄子"，李雪健受到团里的严厉批评，其错误是：未经领导批准，私自拍摄电视剧。为了教育他人，还让他在大会上做检查。

海丹后来听说此事，她知道，自己不追问，李雪健是永远不会对她提起这事的。这个"老蔫儿"！

梅花雪中见，珊瑚海之丹

李雪健第一次上电视，是在天津电视台拍摄的《生者与死者》。他扮演一位年轻潇洒的青年，这是他至今演过的唯一够得上"潇洒"的角色，由于播出时间安排在中午，收视率不高，几乎没有多少人知道李雪健扮演的这第一个荧屏形象。

别人没看到无所谓，于海丹可能也没看到，这多少使李雪健感到遗憾，他希望他在海丹面前总是 1.72 米，而不是1.70 米。其实，海丹是个聪明的姑娘，她透过"李宾"憨厚、质朴的外表，早已看中了李雪健那颗没有杂质、纯净而善良的心。

那次，同伴相约去跳舞，人家约了"王宾""张宾"，于海丹也第一次约了她的"李宾"。

留恋的
张望

谁知，到了彩灯闪烁的舞场上，海丹差点儿没背过气去——"李宾"来了个"大本色"，他把平日穿的那条肥军裤和胖头鱼般的老棉鞋穿到舞场上来了！

就在那次难忘的舞会上，他们尽情地倾谈，定下"八一"为他们结婚的日子。

1983年"八一"建军节，团里的伙伴张罗着买来了水果、糖，自己动手冰镇了一桶酸梅汤，简朴而热烈的婚礼开始了。李雪健还是那条军裤，上身干脆只穿一件圆领衫。墙上是那幅放大了的黑白结婚照：两人都身着军装。现在你到这小两口家去，仍可看到那张被戏称为"老八路"的照片。

婚后第二年，李雪健调到了中央实验话剧院。于海丹则转业到全国妇联图书馆。这年，他们的儿子出世了，取名李亘。

儿子安然睡着了，雪健望着妻子因劳累一天而显得疲倦的面容，心里很不是个滋味儿，他不知怎样表述自己歉疚的心情。往往这时，海丹倒反过来安慰丈夫："得得得，别瞎想了，其实我也没为你牺牲，我不是挺好吗？"

"梅花雪中见，珊瑚海之丹。"这是李雪健和于海丹结婚时，好友王培公书赠他们的条幅。它不仅融进雪健和海丹的名字，更概括了他们的品格。

今天，当李雪健获得了巨大的成功，众多记者紧紧围堵着他，一定要他回答此时此刻最大的愿望是什么时，雪健毫不犹豫地回答："有机会，我想和于海丹合作拍一部片子。"

在一旁的海丹调皮地补充一句："要演一对夫妻。"

啊，走进焦裕禄世界

"大成哥"走进千家万户以后，李雪健着实不轻松，贸然登门的，不厌其烦写信、打电话的，托亲朋好友要求拍照的，躲不胜躲。"危难"之中，他只好向妻子求救。那些天，海丹把儿子送进幼儿园后，又来接李雪健，把他带到自己的办公室，好让他喘口气。在窗明几净的阅览室里，一切都是那么恬静。雪健燃着一支烟（人家破例允许的），静静地看着妻子整理图书。啊，这世界竟是这么美！

《渴望》越来越"火"！全国各地的"《渴望》热"，把剧组卷进了沸沸腾腾的旋涡。李雪健却一次又一次婉言推却了见面、座谈、演出等应酬。

留恋的
张望

这时，只有于海丹知道，一个既熟悉又陌生的名字，已经占据了丈夫的心。

那是不久前，一个长途电话从峨眉电影制片厂打来。

"让我演谁？焦——裕——禄——？"李雪健手握听筒，怔住了。峨影厂副厂长、导演王冀邢言辞恳切地说："对，焦裕禄。剧组在等你。"

正在搓洗一大盆衣服的于海丹，停下手里的活儿，连连向丈夫摆手，声音不大但很着急地说："你的形象怎么能和焦裕禄连在一起？"

电话挂断了，片约没有接。

谁知，这天晚上，李雪健辗转反侧，怎么也难以成眠。海丹立即明白了：豫东平原那个令人怀念的好书记形象，还萦绕在他的心头。

她轻声问丈夫："怎么，想接？"

"嗯。"

海丹了解雪健，他选择角色十分严谨，但越是意想不到、反差大的角色，越能勾走他的魂儿。"那么，明天我们去征求一下了解你的王君正老师的意见，再问问我爸好吗？"

《焦裕禄》的导演王冀邢认定了李雪健，扮演"焦书记"，非他莫属。他不来，剧组就等。李雪健的心已经发热了，多少天来，他无心看别的剧本……今天，他决定等妻子下班回来，把自己的想法全告诉她，最后征求她的意见。

海丹从单位回来了，鼓鼓囊囊的书包往床上一倒，雪健的眼睛忽然一亮：书，焦裕禄的书！有《县委书记的榜样——焦裕禄》《焦裕禄在兰考》《谈焦裕禄的公仆精神》等十几本。

什么都不用说了。几天后，李雪健带着一腔热血，吻别了妻子和儿子，登上了南去的列车……

心心相印。当于海丹吃力地想把新换来的煤气罐往六楼搬的时候，她想的是，"李宾"在摄制组保准不会闲着，扛道具箱一类的，少不了他；当她焦急地抱着患了腮腺炎的亘亘往医院跑的时候，她默念道，儿子快好吧，你爸爸演焦裕禄呢，咱们别给他添急。

一个演员之家，暂时的夫妻分离司空见惯，而这次李雪健去兰考，于海丹时时替他揪着一颗心。有时雪健打来长途电话，海丹都不敢提影片《焦裕禄》的事，只是问他身体怎么样，叮嘱他多注意，千万别得感冒，别累垮了……

50多天过去了，焦急等待中的这天深夜，电话铃声响起来，海丹抓起话筒，啊，是那个再熟悉不过的声音。她终于

留恋的
张望

忍不住了，急切地问："怎么样，片子怎么样？"

"还行，组里认可了，你别替我揪心了，砸不了锅……我配完音，坐飞机回去……"

雪健的声音还是那样沉稳，海丹听后却激动得攥着电话听筒，久久不愿放下。她知道，雪健走进了焦裕禄世界。

这天，外面的风还在吼叫着，于海丹的心总算一块石头落了地，她搂着儿子，甜甜地睡着了。

《焦裕禄》在向电影局送审及试映过程中，即在全国引起强烈反响，还没有最后修改完成的拷贝，被调进中南海。一位中央领导看过影片，对广播电影电视部电影局的同志说，

《焦裕禄》什么时候举行首映式，通知他。

2月26日，《焦裕禄》首映式在人民大会堂隆重举行。中央领导来迟了一会儿，他是匆匆赶来的。他微笑着拱手向大家致歉意，并对主持的广电部副部长说，我讲几句话。讲话刊登在第二天的《人民日报》上。

3月1日，中央领导要与30位著名艺术家座谈。中央办公厅紧急通知：请李雪健准时到会。

这天，李雪健骑着自行车出发了，他是去中南海开会的。中办的同志和警卫战士都注意到了，"焦书记"是与会者中唯一骑自行车进中南海的，而且大明星骑的是辆女士车，后座上还捆着一个儿童座椅——那是海丹每天接送儿子上幼儿园的"专车"。

这天，"专车"由李雪健用。当中央领导在中南海亲切地和李雪健握手时，于海丹正抱着儿子匆匆往幼儿园赶呢……

（原载1991年第6期《家庭》杂志，有改动）

留恋的
张望

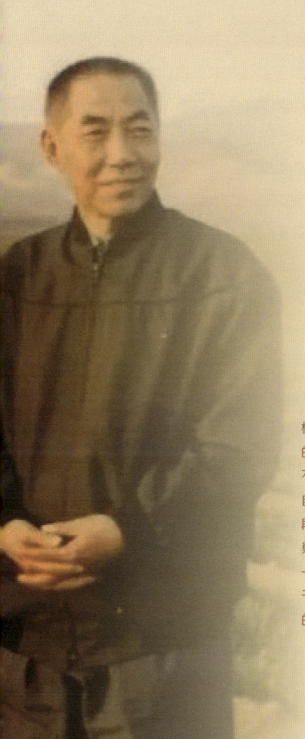

浩然

浩然，一个把自己的根深扎在土地、人民中间的作家，他和他的作品是不会被忘记的。我整理出自己曾经写浩然老师的几段文字，和当年在"泥土巢"采访他的记忆，扎成一束素花，敬献在他和妻子杨朴桥安息的三河陵园的墓碑前。

岁月尘封不了他的名字

2022 年 3 月 25 日，是著名作家浩然诞辰 90 周年的纪念日。2 月 20 日，是他离世 14 周年的祭日。我常想，如果浩然老师还在，也不过 90 岁；而他如果还能写作，哪怕仅写一些独有的回忆文字，也一定会很精彩。如果假以天年，他的创作很有可能弥补上以往作品的缺憾。每每想至此，我便不禁黯然神伤。

他离开我们 14 年了，岁月过隙似隐没了这个名字——浩然。然而，一个把自己的根深扎在土地、人民中间的作家，他和他的作品是不会被忘记的。在纪念浩然先生 90 周年诞辰的前夕，河北作家刘国震等诸多朋友呼唤我：您写篇怀念先生的文字吧，大家都在等着，浩然老师也会欣慰的。这后句话，使我怦然心动、彻夜难眠。

今天，我整理出自己曾经写浩然老师的几段文字，和当年在"泥土巢"采访他的记忆，扎成一束素花，敬献在他和妻子杨朴桥安息的三河陵园的墓碑前。

他在念想里永生

时光回到 14 年前，即 2008 年的 2 月 20 日。

早晨，我刚走进办公室，就收到这样一条短信："我父亲于今晨两点去世，特告。梁红野。"红野的父亲就是著名作家浩然。我知道，春节前医院就报了病危，几天前红野在电话里还安慰我说："我们把父亲的衣服都准备好了，他也没什么知觉和痛苦了。"然而，当今天浩然老师真的走了，我相

留恋的
张望

作者和作家王道生在
三河文联成立大会上
与浩然合影

信会有千千万万的人和我一样因他的离去而悲痛。

最后一次去看望他，是我和他的好友、《北京晚报》副总编辑李凤祥一起去的。在北京同仁医院的病房里，我大声呼喊着："浩然老师，我来看你了！"病床旁的护工大声说："您看看，是谁来看你啦？"浩然老师睁开了眼睛，茫然地看着他的"培禹同志""凤祥同志"（相识相交多年，他一直这样称呼我们），却没有任何表情，我怎么也唤不醒当年那个一把握住我的手，说"培禹同志，你来得正好"的他了……

从1990年我调到《北京日报》文艺部后，因为工作关系，记不清去过多少次位于河北三河浩然居住的"泥土巢"了。每次见到他，他都会热情地握住我的手，说："培禹同

志，你来得正好。"后来，我越来越理解他这句话的含义
了——他把我们去采访、看望他，看作党报对他工作的支持；
另一层意思是能给他帮点忙。当时他扎根三河农村，一边创
作一边实施他的"文艺绿化工程"，即培养扶植农村文学新
人，他哪有时间进城啊。我去一次，就会带回一堆任务，比
如他为农民作者写的序文、评论，要我带回编辑部，经他修
改的业余作者的稿子，要我带回分别转交给京郊日报或晚报
的同志，他匆忙给这些编辑朋友写着短信……这情景仍历历
在目。

　　一次，他的邀请函寄到了，打开一看，是他亲笔书写的：
"届时请一定前来，我当净阶迎候！"原来，三河县文联成立

浩然与农村业余作者
李培禹摄影

留恋的
张望

了！他的心情是多么高兴啊。

就这样，浩然在三河的十几年里，自己的创作断断续续，他却为繁荣社会主义文艺培养出众多的农村作者，付出了满腔的心血。

红野说，父亲走时是安详的，他意识清楚时，儿女、孙辈们都围在他身旁。我说，是啊，他一生写农民，为农民写，那么留恋农村、热爱农民，你看他给儿子起名叫红野、蓝天、秋川，给女儿起名叫春水，孙子、孙女则叫活泉、东山、绿谷，你们都在他身边，他会欣慰、安息的。况且，他的骨灰将安葬在他那么挚爱着的三河大地，他将在父老乡亲们的念想里永生！

北京日报社要为浩然同志的逝世敬献花圈。撰写挽联时，我想起浩然老师曾为我书写的一幅墨宝，全部用的是他著作的书名：喜鹊登枝杏花雨，金光大道艳阳天。我准备以此为上联，也用他的书名写个下联，便打电话给李凤祥兄和著名书法家李燕刚先生，我们共同完成了这样一个下联：乐土活泉已圆梦，浩然正气为苍生！

浩然魂归"泥土巢"

2009年4月13日清晨，一场春雨悄然飘落京东大地。纪念著名作家浩然逝世一周年暨浩然夫妇骨灰安葬仪式，在河北省三河市灵泉灵塔公墓举行。浩然因病医治无效，于2008年2月20日凌晨2时32分在北京逝世，享年76岁。

沟河水涨，草木青青。浩然和夫人杨朴桥的墓地坐落在沟河东岸的冀东平原深处。浩然的塑像前，一泓泉水汩汩流淌，倾诉着他对三河大地的眷恋。墓穴右侧是按照浩然在三河居住了16年的小院原形建造的"泥土巢"；左侧是镌刻在大理石碑上的金色笔迹，那是1987年浩然亲笔书写的："我是农民的子孙，誓做他们的忠诚代言人。"这也可以看作是这位一辈子"写农民，为农民写"的人民作家的墓志铭。

浩然1988年落户三河，在这里他"甘于寂寞，埋头苦写"，完成了继《艳阳天》《金光大道》后新时期最重要的一部长篇小说《苍生》，并把它搬上荧屏，深受农民群众喜爱。十几年来他不改初衷，以三河这块沃土为基地，开展"文艺绿化工程"，为培养扶植农村文学新军倾尽心血，取得了令人瞩目的成果。

留恋的
张望

浩然和妻子
李培禹摄影

　　这天，他的儿女红野、蓝天、秋川、春水率孙辈东山、绿谷等早早来到墓园。春水含泪细心擦拭着父母的塑像，轻声说着："爸、妈，你们看有多少领导、朋友、乡亲们都来送你们了，你们放心地安息吧。"

　　浩然魂归"泥土巢"，不仅三河市委、市政府、市文联当作一件大事来办，也牵动着全国各地他的生前好友、众多得益于他的几代作家和文学爱好者的心。顺义望泉寺的农民作家王克臣说，我们都是自发赶来送浩然老师的，以后年年都

会来，他永远活在我们心里。

中国作协、北京市、河北省有关领导，北京市文联、北京作协、廊坊市的主要领导同志参加了骨灰安放仪式。北京日报社、北京晚报社、京郊日报社向浩然夫妇的墓园敬献了花篮。挽联全部用浩然的书名写成：喜鹊登枝杏花雨，金光大道艳阳天；乐土活泉已圆梦，浩然正气为苍生！

浩然是哪里人

浩然是哪里人？顺义的乡亲们说，顺义人呗，金鸡河、箭杆河多次出现在他的笔下；长篇小说《艳阳天》就是在焦

作者采访感冒中的浩然

庄户创作的，书中"萧长春"的原型就是我们的村支书萧永顺嘛！

通州的干部说，浩然是通州人，他是在那里成长起来的，他的许多作品都完稿于通州镇，而且他还担任过我们玉甫上营村的名誉村长。

蓟州的同志则理直气壮地说，怎么？浩然明明是我们蓟州人嘛！他们翻出浩然在一篇后记中的话："从巍巍盘山到滔滔蓟运河之间的那块喷香冒油的土地，给我的肉体和灵魂打下了永生不可泯灭的深深烙印。"

……

1988年，一本600多页的长篇小说《苍生》，悄悄摆上了新华书店的书架，随后，广播电台连续广播，12集电视连续剧投入紧张的拍摄。一幅展现 20 世纪 80 年代农村改革的巨幅画卷，渐渐地展开在人们面前。

中国文坛不能不为之震动，首都庆祝新中国成立 40 周年文学作品征文头奖的殊荣，授予了《苍生》。

来自农村的父老乡亲们亲切地呼唤着这个熟悉的名字：哦，浩然！

其实，浩然的档案这样记载着：浩然，本名梁金广。原籍河北省宝坻县单家庄（现属天津市），1932 年 3 月 25 日出生在开滦赵各庄煤矿矿区。10 岁丧父，随寡母迁居蓟县王吉素村舅父家，在那里长大……

基层的干部群众争认浩然为老乡，因为大河上下、长城内外 100 多个县都留下了他扎实的足迹；因为他把一颗真诚的心都掏给了养育他的父老乡亲；因为他将一个作家的艺术生命全部融入了中国农村社会主义建设的编年史！

无须争论，浩然是京郊人，是冀东人，是华北人……而他晚年的 20 年时光，实实在在是个三河人。他是三河县 30 多万人民的儿子，他是燕山脚下段甲岭镇的名誉镇长。当三河县第一届文联成立时，县领导请他出任名誉主席，他说，把名誉俩字去掉，我要当个实实在在的县文联主席！

他把"心"带到了三河

　　最难忘 1990 年 4 月，洵河水涨，柳絮纷飞。为寻访浩然的踪迹，我来到了河北三河县，和浩然老师一起度过了几天在他看来平平常常，而于我却难以忘怀的日子。

　　若干年前，浩然带着女儿住在通县埋头写作《苍生》时，我就萌发了采访他的念头。我向报社一位家也在通县的同事打听浩然家怎么走，这位同事说："嗨，你到了县城街口，找岗楼里的警察一问，谁都能领你到他家，业余作者找他的，多啦！"

　　这次到三河，倒印证了那位同事的话。"噢，找浩然啊，

浩然成名作《艳阳天》三卷本

往前到路口拐弯，再往西就是。"三河人热情地把我引到了浩然的"泥土巢"。

"姑父，来客人啦！"朝屋里喊话的是浩然妻子的一个娘家侄女，她住在这儿帮着照顾久病卧床的姑姑，腾出手来也帮浩然取报纸、拿信件。

正在和几位乡村干部交谈的浩然迎了出来。他，中等身材，岁月的痕迹清晰地刻在了他那仍留着寸头的国字脸上，鬓角已分明出现了缕缕银丝，只是那双深邃而有神的眼睛，是一位充满旺盛创作力的作家所特有的。

显然，那几位村干部的话还没说完，一位岁数稍大点的，把浩然拉到一边"咬起耳朵"来，浩然认真地听着。那情景，我下乡采访时常见到。不用说，浩然已经进入角色了。

正好，我可以好好打量打量这间"泥土巢"了。几间平房，是他担任了县政协名誉主席以后县政府专门为他盖的。东边一间是卧室，和浩然相濡以沫40多年的妻子患病躺在床上已一年多了；中间比较宽敞的，是浩然的会客室，乡村干部谈工作，业余作者谈稿子，都在这儿；靠西头的一间是专供浩然写作用的，写字台上四面八方的来信分拣成几摞，堆得满满的，铺开的稿纸上，是作家那熟悉的字迹。看来，

留恋的
张望

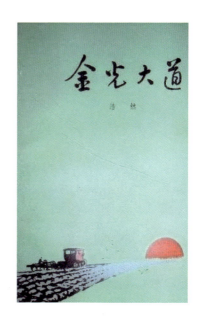

浩然代表作《金光大道》封面

由于不断有人来打扰，他的写作只能这样断断续续。

　　书，是作家辛勤耕耘的最终产品；书，是作家漫长创作生涯的浓缩。我的目光不由得停留在占满一面墙的 4 个大书柜上。浩然拉开布帷，打开书柜，拣出几本给我看，有的是世界名著，有的是已绝版的旧书，经他重新修整并包上了新皮儿，扉页上大都有浩然的签名和购书日期。还有一部分是我国和世界上的一些著名作家、专家学者送给浩然的书，相当珍贵。

1974年，浩然、张永枚受命采访西沙海战，和许世友司令员合影

　　作为一个也写过点东西的业余作者，我最理解，一个作家珍存的，当然首先是他自己写的书。"泥土巢"的书柜里，竟摆着浩然1958年出版的第一本小说集《喜鹊登枝》，摆着他20世纪60年代的成名作《艳阳天》，摆着20世纪70年代的《金光大道》和20世纪80年代的代表作《苍生》，以及日本、法国、美国、朝鲜等国翻译出版的他的著作。

　　50多本书——浩然的50多个"孩子"，他都随身带来了。浩然把自己的"心"带到了三河。

"姑父，来客人啦"

"姑父，来客人啦！"内侄女又在招呼来人。我住在浩然这儿，每天至少要听到五六回这个声音。有时晚上九十点钟了，也会忽然响起一声："姑父，来客人啦！"

这天清晨，蓟县、平谷的业余作者来了。此时，只有我知道，他们的浩然老师刚刚为妻子梳洗过，然后做了煎鸡蛋、煮牛奶，看着妻子吃下。书桌上，他匆匆给延庆县业余作者孟广臣的信刚写到一半。那是几天前在一次领导召集的座谈会上，浩然替这位长期在农村坚持业余创作的农民作者呼吁，引起了领导同志的关注，有关问题有可能得到解决。浩然从北京回来连夜就给孟广臣写信，信刚开了头，被老伴的病缠住，又搁下了。

多年来，浩然已养成一个习惯，他无论外出开会，还是到哪儿深入生活，除了洗漱用具外，身边总要带上一堆全国各地业余作者寄给他的稿子，途中乘车、午间小休、晚上临睡前那点工夫都要挑选出几篇来看。

一个叫陈绍谦的年轻业余作者，患先天性心脏病，失去了生活的勇气。他写信给浩然，诉说了心中的苦闷和绝望。

作者与浩然在"泥土巢"
合影留念

信几经辗转，到了浩然手里。第二天，当这位农村青年崇拜
已久的著名作家出现在自己面前时，他激动得半天说不出一
句话来。浩然抹着额头的汗水，微笑着告诉他："我一溜儿小
跑，找到你家来了。"

以后，陈绍谦按照浩然老师的话去做，一边读文学书籍，
一边读社会生活这本大书，不断地练笔，终于写出了充满生
活气息的小说《灾后》。浩然读到这篇稿子，立即推荐给北
京的一家刊物。稿子被退回来了，浩然又挂号寄给上海的一
家文艺期刊，又被客气地退回了。第三次又寄出去，两个多
月不见回音，稿子也找不回来了。

留恋的
张望

浩然写信给小陈，热情肯定了这篇习作写得好，要他把原稿再寄来。浩然把《灾后》的原稿拿给女儿春水看，"写得怎么样？喜欢吗？"春水正在大学中文系进修，她读后由衷地说："嗯，不错，喜欢。"浩然一笑说："那劳驾了，你给抄写一份吧。"春水对爸爸的话从没说过不字，她认真抄写了这篇小说。

浩然留下原稿，将抄写的稿子第4次寄给了辽宁的《庄稼人》杂志。陈绍谦的处女作就这样终于发表了。我跟春水谈起这事时，春水说："爸也给人抄过稿子，我看他大段大段为业余作者誊稿子时，心疼，就帮他抄呗。我写了一篇儿童故事，他说过不错，可一年多了他也不理茬儿。那天我悄悄翻了翻他专门存别人稿子的小柜，我那篇还排在好几篇来稿后边呢，他忘了。"

浩然来到三河，原打算"深入生活、埋头苦写"，尽量避开干扰，准备完成他的第二部自传体长篇小说《活泉》。可作为一个三河人，一个三河县的基层干部，三河的各项事业都引起他的关注，尤其是三河县群众文化工作比较薄弱，业余创作队伍还远远没有建立起来的现状，更不能不牵动着他的心。他办讲座，亲自授课，修改大量业余作者水平参差不齐的稿件，从中发现可培养、扶植的苗子。他的宏愿是，以三河县为基地，以《苍生文学》为龙头，带动起河北香河、大厂、天津宝坻、蓟县和北京郊区的顺义、平谷、通县、怀柔、密云等县，在不久的将来，看到社会主义农村文学事业的振兴和繁荣。

"姑父，来客人啦！"

我看看表，晚上 9 点半已过，我劝他让来人把稿子留下算了，今天太累了。浩然说："马伸桥的，骑车跑了几十里，得见。"

深夜，我和浩然一起送客人出门。一位业余作者忽然拉住我的手，问："为什么像浩然老师这样的作家，现在这么少呢？"

我和浩然都一时语塞。

"写农民，为农民写"

我住在"泥土巢"采访浩然的那几天，遇到了"倒春寒"，气温骤然间下降。不知是我传上了浩然，还是浩然传

留恋的
张望

北京日报副总编辑邵毓奎、北京晚报副总编辑李凤祥，随浩然看望把他哺养大的姐姐
李培禹摄影

上了我，我俩都感冒了。我拿出随身带的"感冒通"，有药同吃。我们一人披了一条毯子，觉得暖和多了。

浩然真诚地说："我是个说过错话，办过错事，也写过错文章的人。但我始终没有毁灭，没有沉沦，因为人民托住了我，保护了我。迷惑的时候，他们提醒我；困难的时候，乡亲们理解我。记得顺义的一位房东大嫂曾托人送来一篮子鸡蛋，并捎话给我：'千万不要想不开，现今我的孩子大了，日子宽绰了，城里住得憋闷，就回家来，我们养得起你，养着你一本一本地写书。'那时，我暗暗跟自己说，'写农民，为农民写'，我要把这担子挑到走不动、爬不动，再也拿不起笔的时候为止。忘了农民，就意味着忘了本，就表示伤了

浩然（中）与著名导演田壮壮，著名演员李雪健、吕丽萍，著名书法家李燕刚在"泥土巢"合影。田导曾想把《艳阳天》拍成电视连续剧，由李雪健饰演萧长春，吕丽萍饰演焦淑红，可惜未能如愿
李培禹摄影

根，就会导致艺术生命的衰亡。我不该这样做，不敢这样做，不能这样做……"

浩然动情了。

他说，我们去看看老人吧。于是我跟着他朝段甲岭敬老院走去。他带去了平生第一次得到的重奖——长篇小说《苍生》的全部奖金1500元，那年头用这笔钱可以为孤寡老人、残疾人每人做一身新衣裳。他嘱咐敬老院的院长，不要

留恋的
张望

买现成的，要请裁缝专门来一个一个地量尺寸，要让老人们舒心。他还给每位购买了一台收音机，让老人们听听戏曲和故事。

太阳升起来了，浩然和老人们说着、笑着。

浩然老师，岁月尘封不了你的名字！

（原文分为上下两篇，发表于《中国政协报》，

《新华文摘》转载）

乔羽

　　坚守"寂寞"中，乔羽却为祖国、为人民奉献了他的全部热情和智慧。40年来，他创作了大量脍炙人口的优秀作品，像新中国成立初期他写的不知给多少人留下了美好童年记忆的"让我们荡起双桨，小船儿推开波浪……"像60年代风靡全国的电影《刘三姐》中的那些精彩对唱，还有像《祖国颂》《心中的玫瑰》《春雨，蒙蒙地下》《天地之间的歌》《牡丹之歌》等，都受到广大人民群众深深的喜爱，至今传唱不衰。

万万改不得的『一条大河』

一条大河波浪宽，

风吹稻花香两岸。

我家就在岸上住，

听惯了艄公的号子，

看惯了船上的白帆……

　　每当我听到这首动人的电影插曲时，便会情不自禁地跟着轻轻吟唱，胸中不禁涌起一股亲切自然的美感。这首为抗美援朝电影《上甘岭》创作的歌曲，诞生于 1956 年。不幸的是，它的词作家，我国著名词坛泰斗乔羽老爷子，2022 年 6 月 20 日凌晨 3 点在北京安然辞世，驾鹤西去。虽然早已有心理准备，但乔老爷的离去，还是给我带来阴阳两隔的悲伤。悲从心生，我不由得追忆起他的音容笑貌，宛如昨天。

近几年来，由于身体的原因乔老爷常年在家或医院静养，不再接受外界的采访和朋友的探望。记得 2015 年 10 月 31 日，有关部门在人民大会堂为他隆重举办《我的祖国》——乔羽作品音乐会，那天恰逢我的生日，高兴地接到了邀请函，本以为这天能在台下望几眼十分惦念的乔老爷，可那天还是失望了——乔老爷亲切的面容，是通过 VCR 出现在大屏幕上的。他用浓重的山东口音说，我想念大家，想

2015 年 10 月，作者应邀到人民大会堂观看乔羽作品音乐会

留恋的
张望

念朋友们！

我想念乔老爷。30多年前到他府上，和他聊天儿，听他风趣幽默、妙语连珠的情景一下奔涌而来，历历在目，仿佛就在昨天。那次，乔老爷敞开心扉，首次披露了《我的祖国》的创作过程。我写出稿子后，又经他过目审定，应是权威版本。此后，多有文章提及"一条大河"的故事，皆出自拙作。至今也没有走样儿，令我颇感欣慰。

记得那篇题为《一条大河波浪宽》的独家专访，刊发在1987年6月我供职的报纸上，还有我为乔老爷拍的照片——他捧着正翻看的《曾国藩家书》，站在书柜前。

下面就是"一条大河"的故事——

我时常想，乔羽是个什么样的人？他是怎样写出这么美的歌词来的呢？

5月末的一天，《中国少年报》的一位资深编辑罗大姐来电话，她兴冲冲地说："约好了，乔老爷同意见你！"于是，我跟着她一同来到垂杨柳，敲响了一幢普通楼房的门。乔羽热情地把我们让进客厅，恰巧遇到两位青年同志正在邀请他参加中央电视台的一个活动，时间、地点叮嘱了不下5遍，乔羽和我们都忍不住笑了。确实，今年60岁的乔羽，现任中国歌剧舞剧院院长、中国音乐文学学会主席，同时还是刚刚成立的中华诗词学会的发起人之一，加上他的创作和其他社会活动，工作之忙，是可想而知的。看上去，乔羽一副老学究的样子，甚至带有几分领导者的尊严。然而交谈起来，你会感到：他，快人快语，推心置腹，爽直的语言中，不时闪现出睿智和幽默，就像他的歌词那样朴实亲切，容易让人接近。

电视台的客人走后，我坦率地交底："来访之前想查查关于您的资料，可惜没有找到。"

"我根本没有资料。"乔羽笑了，没有丝毫的不悦。他说："我名不见经传，20岁时就搞专业创作，从小寂寞惯了。"

"寂寞"中，乔羽却为祖国、为人民奉献了他的全部热情和智慧。40年来，他创作了大量脍炙人口的优秀作品，像新中国成立初期他写的不知给多少人留下了美好童年记忆的"让我们荡起双桨，小船儿推开波浪……"像60年代风靡全国的电影《刘三姐》中的那些精彩对唱，还有像《祖国颂》《心中的玫瑰》《春雨，蒙蒙地下》《天地之间的歌》《牡丹之歌》等，都受到广大人民群众深深的喜爱，至今传唱不衰。

我们的话题很快集中到电影《上甘岭》的主题歌《我的

留恋的
张望

祖国》的创作上。我急切地问："'一条大河'流传了30多年，这么美的歌词，您是怎么写出来的？"

乔羽略作思索，娓娓谈来，他披露了一个挺有意思的故事。

那是1956年，长春电影制片厂投入很大力量拍摄的当时作为重点影片的《上甘岭》，需要有一首插曲。整个摄制工作已接近尾声，就等这首歌了。著名导演沙蒙和担任影片音乐的作曲家刘炽商量：歌词谁来作？刘炽回答得没商量："非乔羽莫属！"

此时，乔羽正在江西进行电影剧本《红孩子》的创作。

于是，一封电报从长春飞往江西。乔羽接到电报后，回了一封电报："还是就地请别人写吧，我回不去。"然后又专心去搞他的剧本了。不想，长春跟着又来了电报，电文不是一张了，而是厚厚的一沓。电报到时，已经是晚上了，电文没有翻译出来就送给了乔羽。乔羽到邮局请工作人员翻译，电报的大意是，要他立即赶往长影，片子已停机待拍，有了他的歌词才能最后拍完，摄制组等一天就要花去上千元的经费……乔羽读到这儿，对邮局的同志说："下边儿的不用译了。"他决定立即动身，去长影。沙导演早已同时拍电报给上影的袁文殊同志，使乔羽顺利地从江西经上海转车到达了长春。

乔羽原以为这部以抗美援朝一次战役为题材的片子，大概尽是打炮，喊冲啊、杀呀一类的。看过已拍完的样片后，他沉默了，没有想到《上甘岭》竟拍得这么好。他问导演沙蒙："对歌词有什么要求？"沙导演回答："没什么要求，只希望将来片子没人看了，而歌却是流传的。"

乔羽感动了，他拿起笔，坐在书桌前苦思冥想，却怎么也写不出来。一天过去了，两天过去了……沙导演一点也不催他，只是每天笑着到他的房间坐坐，聊几句闲天就走了。

留恋的
张望

乔羽心里却明白，大家都在等他。就这样苦苦地"憋"了十几天，他终于思如泉涌，一挥而就，写下了3段歌词。他把稿子交给沙蒙，沙导演反复看了十几分钟，一语不发，最后大喊了一句："行，就它了！"

乔羽轻轻地吐了一口气。后来，沙导演和乔羽商量，歌词中的"一条大河波浪宽"，能不能改成"万里长江波浪宽"？乔羽说，不能改，不能改，万万改不得！他说："这首歌是写家乡、写祖国的，人们都会怀念故乡的小河，哪怕他家门前流过的是一条小水沟，但在他的眼里却永远是一条大河。这样，'我家就在岸上住'才使人感到亲切。如果开头用'万里长江'，那么就会失去很多人，在长江边上住的能有多少人？毕竟是少数啊。"沙导演听后，连声说："对，对，就'一条大河'！就'一条大河'！"

回想起当年的情景，乔羽显得激动起来。他说：其实，这首歌词的第一个读者，是贺敬之同志。当时他也应"长影"之邀来创作，就住在隔壁房间，我们两人都是整天"愁眉苦脸"的。我的任务完成了，沙导演还没来，就先拿给他看。贺敬之也是看了好久，不作声。我问他怎么样，他说：乔羽啊，你第三段里"朋友来了有好酒"这句太好了，要我说是：绝好！

歌词交给刘炽谱曲，他和乔羽是老搭档了，心是相通的。乔羽说："刘炽一向是个快手，但这回，他用的时间比我还长！"《我的祖国》终于完成了。最后决定由郭兰英担任领唱，到中央人民广播电台去录音。"一条大河波浪宽……"歌声在流动、在飞扬，乔羽、刘炽、沙蒙以及在场的许多人都激动不已。有趣的是，第二天，电台的编辑在未同作者和长影打招呼的情况下，就向全国播放了这首歌，一下在城乡传开了。《上甘岭》半年后才公映，而"一条大河"早已家喻户晓了。

乔羽创作了多少歌词？连他自己也记不清了。人们喜爱乔羽的作品，常有人来信问：哪儿能买到他的作品选集？乔羽说："我至今没有出版过一本歌词选集。"

这回答不禁使我们惊讶。他的案头，有许多本已经出版的中青年歌词作者的集子，大多数是由乔羽作序的。翻开近年我国出版的两部最重要的歌词选本《中国歌词选》和《现代百家词选》，序言也都是请乔羽写的。而他的大量优秀作品却未能结集出版，不能不令人遗憾。这大概是他"甘于寂寞"的缘故吧。乔羽笑笑说："也许历史会给我出一本集子吧。"

留恋的
张望

2015 年 10 月，
乔羽作品音乐
会现场

　　乔羽是个作家，一谈起创作，他来了劲头。他告诉我们，最近他应一位歌唱家的要求，为山东曹州牡丹写了一首《看牡丹》。对老诗人的新作，我们当然也很感兴趣，要求把这首歌词记下来。乔羽说："好，这首歌词前几天刚写成，请你们看看怎样。"于是他轻轻地念道——

　　　　人称牡丹花之王，

　　　　国色天香谁敢当。

　　　　阳春三月曹州路，

　　　　人来人往看花王。

　　　　十里斑斓十里香，

　　　　看罢魏紫看姚黄。

青枝绿叶都好看，

此时才算好春光。

入得诗来诗也美，

入得画来画也香。

人间春色它占尽，

莫笑看花人儿狂。

采访乔羽的稿子写完后，我把小样（那时还没有电脑、微信之类的）寄给乔老爷审阅，信中告诉他把改样寄回给我即可。不想，我却接到了他夫人的电话，约我去家里面谈。我心里"咯噔"一下，心想稿子没通过吧？不敢怠慢，赶紧第二次来到乔老爷府上。开门的是乔老的夫人，她微笑着把我让进客厅，端上了热茶，像老朋友似的。她说："这篇稿子我先看的，不瞒你说，一连看了好几遍，看得我直流眼泪。好多事我都不知道啊，他从来不说的。"这时，乔羽忙完手里的事儿，走过来，他把稿子的小样递给我。我扫了一眼：没有改动。细看，竟一个字没改。我望着乔老爷，他说，没动，写得很好。你们报发吗？我连说，当然，当然。

至此，审稿结束。那天乔老爷心情大好，留下我喝茶聊

留恋的
张望

天儿。我借此不断发问，乔老爷更是快人快语，妙语连珠。许多话给我留下深刻印象。比如，我们谈到古典诗词，他给我讲了个笑话：一次，他参加作家笔会来到新疆的天池，兴致所致，顺口吟诵出一首《天池令》来——

一池深绿，雪岭掩映，万仞山中。至清，女儿心胸，夏无暑，冬无冰。

不闻天子车驾，但凭小舟轻盈。才舍短棹上短亭，忽逢骤雨如绳。

大家都很喜欢这首小令。乔羽故意问身边的几位青年作家、诗人："这首小令是哪个朝代的啊？"有位作家想了想，答道："是明代的吧。"乔羽哈哈大笑，得意地说："这是我刚诌出来的。"大家都笑了。

他嘱咐我说，这事儿别写啊，人家那几位可是名人哪！

那天，他还给我朗读了好几首得意之作，可惜，一是我自己旧体诗词底子太差，二是他浓重的山东济宁口音我不能完全听明白，就没有记下来。至今，乔羽先生的旧体诗词似也未见发表，不免遗憾。不过，当我们欣赏他创作的亲切、

万万改不得的"一条大河"

朴实、朗朗上口的当代歌词时，很容易寻到优秀古典诗词的韵律之美。这，也是乔羽乔老爷对中华优秀文化传承的突出贡献。

乔老爷走了。那"万万改不得"的"一条大河"，将永远在我们心中流淌，波浪宽宽，奔腾不息！

（原载 2022 年 8 月 6 日"周末散文五人行"公众号，有改动）

留恋的
张望

刘绍棠

与沈从文、孙犁一脉相承的中国当代文坛乡土文学大家刘绍棠辞世20多年了。这些年来，读者与亲朋对他的怀念之情日深。而今，随着北京城市副中心的建设，刘绍棠生前心心念念的古老通州大运河以更亮丽的面貌展现在世人眼前。这使我想起英年早逝的这位作家说过的那句话："如果我的名字与大运河相连，也就不虚此生了。"

大运河流淌着你的名字

与沈从文、孙犁一脉相承的中国当代文坛乡土文学大家刘绍棠辞世 20 多年了。这些年来，读者与亲朋对他的怀念之情日深。而今，随着北京城市副中心的建设，刘绍棠生前心心念念的古老通州大运河以更亮丽的面貌展现在世人眼前。这使我想起英年早逝的这位作家说过的那句话："如果我的名字与大运河相连，也就不虚此生了。"

本文拾掇了刘绍棠生前、逝后鲜为人知的一些片段，以志纪念。

2018 年 10 月，我接到曾彩美老师的电话，她兴奋地告诉我，20 卷本的《刘绍棠文集——大运河乡土文学书系》终于出版了。出版研讨会那天，我早早地赶到会场，不想，曾老师已先到了。刘绍棠离开后，她一肩担起整理、编纂刘绍棠全部文稿的重任，其间的艰辛甘苦谁人能知？看上去，已过 80 岁的曾老师除了头发花白，身体、精神都很好，还是那么温文尔雅。她迎面微笑着伸出了手，我则上前拥抱了大姐，对她的敬重、对绍棠学长的思念，尽在不言中。

刘绍棠的生命只有 61 年，他一生勤奋耕耘，发表长、中、短篇小说等作品 600 余万字，作品中艺术再现了家乡——京东运河平原不同历史时期的风土人情和社会风貌，描绘充满诗情画意的乡风、水色、世俗人情，讴歌走在时代前列美好的人，挖掘代表时代前进方向与主流的美好事物。在刘绍棠离世 20 多年后出版的这套丛书，彰显了文学评论界对他作品的定位，即"中国气派、民族风格、地方特色、乡土题材"。

研讨会上发言热烈，我却时常走神，其实是陷入了对刘绍棠这位好作家、好学长、好老师绵长的思念中……

留恋的
张望

运河之子

我和刘绍棠都是在北京二中上的中学，只是我晚他20年，刘绍棠一直称我"学弟"。和绍棠聊天，确切地说是你听他说，滔滔不绝地说，真是一件快事。

在他有恙之前十几年，我有幸和他同乘"大红旗"轿车，到一个系统去参观做客。一路上，年富力强的刘绍棠谈笑风生，上至天文、下至地理，远至上古传奇、近至两伊战争，可谓无不涉猎。妙语、警句、精彩论断时而爆出。身材魁梧的刘绍棠身着中山装，鼻梁上架着一副黑色宽边近视镜，端坐在前排右首，偶尔微笑着向欢迎他的同志们挥挥手。我戏言道："绍棠颇有'金（日成）将军'的风范。"大家都笑了。绍棠没有嗔怪我，反倒接过话题，纵论起朝鲜半岛局势、中朝关系等。稍加整理就是一篇见解独到的国际新闻述评，若拿给报纸国际副刊发表，该不成问题。

然而，这般畅快的日子不可多得。绍棠太忙了。他恢复"青春"后的十几年里，创作丰收，屡屡获奖。"一亩三分地主，五车八斗人家。"这是一位朋友送给刘绍棠的条幅。所谓"一亩三分地"，是指京郊大运河的通县儒林村。刘绍棠

生于斯、长于斯，40多年来他抱住这块沃土不放，走他的乡土文学之路。"五车八斗"，是说他高产，那几年接连出版了11部长篇小说、8部中篇小说集及多部散文随笔集，其中浸透着一个中年作家拼搏的心血。他偶尔得宽余，走出书房透透气，和朋友们聊聊天，大发一通感慨、高论或"谬论"，在他自己，也是一件快事吧！

　　和他见面时，常听他讲起京东大运河，讲起他的故乡通县儒林村。他对那片土地赤子般的热爱，他要终生回报父老乡亲的拳拳之心，深深感染着我。我曾惊讶他笔下的运河两

留恋的
张望

岸的田园，怎么那么迷人？我曾感叹他文字里传出的运河桨声，是何等动听！刘绍棠的多部大部头作品曾获奖，影响很大，但他却把中篇小说《夏天》看得很重，甚至对采访者坦言，那是他的最爱。你看，他写道——

"清晨，太阳还没有升起来，村庄也还没有睡醒，雨后的运河滩寂静，沉默的布谷鸟送走消失的星星和远去的月亮，叫出悠长的第一声，长久地回旋在青纱帐上，而且在河心得到更悠长的回声。渡口处小船拴在弯弯的河流上静静摇荡，管车老张还睡在梦乡里，布谷鸟歌唱的回音惊醒河边的水鸟，它们的首领第一个尖声地叫着，于是一阵响，水鸟从地面升到淡蓝的天空。"

这，就是大运河的夏天，好美啊！

绍棠更没有忘记，运河环绕着的儒林村，是他"落难"后躲避凄风苦雨的港湾。他1957年被划为"右派"回乡，儒林村的父老乡亲不仅没有嫌弃他，还热情地接纳他、帮助他、保护他。绍棠说，他如同"一个颠沛流离多年的游子，终于投到了慈母的怀里"。乡亲们给予绍棠的温暖，很快融化了他心中厚厚的坚冰，鼓起了他生活的勇气。在儒林村的寒舍里，他写下了这样一首五言诗：

狂飙从天落，

三十归故园；

迈步从头越，

桃源学耕田。

曙色牵牛去，

夕烟荷锄归，

蓬荜陋室窄，

柴灶自为炊。

深更一灯火，

午夜人不眠；

学而时习之，

孜孜不知倦。

席卧难入梦，

皎月窗外明；

浮想联翩起，

枕畔风雷声。

在故乡 22 年的坎坷岁月里，他始终没有沉沦，通过精心构思，完成了《地火》《春草》《狼烟》三部长篇小说的撰

留恋的
张望

写。他对乡亲和乡土的感念之情与日俱增，并把这种挚爱如滚滚的运河水倾泻于笔端。他动情地表示，他要以全部心血和笔墨，描绘京东北运河农村的 20 世纪风貌，为 21 世纪的北运河儿女，留下一幅 20 世纪家乡的历史、景观、民俗和社会学的多彩画卷。

"这便是我今生的最大心愿。"

➤ 一九八七年冬，在天安门城楼上。

最后一面

1995 年底，报社调我到《新闻与写作》杂志编辑部工作，担任执行主编。为办好刊物偶尔打扰他，他总是大嗓门儿在电话里回一声"你来吧"，并曾抱病约我长谈，给了很多关注和支持。他的大作《中国人点头才算数》刚发出不久，我去和平门他的寓所探望。不想，这竟成了我们最后一次见面畅谈。这次拜访前，一位编辑朋友来电话约我写篇关于刘绍棠的稿子，并询问："最近听说刘绍棠出任北京足协副主席啦，怎么回事儿？"

这消息着实让人吃惊，那几年一直需坐在轮椅上才能"行走"的大作家刘绍棠，怎么会与总跟"奔跑"联系在一起的足球结下缘分呢？我往刘绍棠家拨电话，单刀直入："听说你要当足协副主席？""我已经当了，不是要当，哈哈……"快人快语的刘绍棠朗声笑起来，约我第二天去他家细聊。

熟识绍棠的人都知道，1988 年，由于他没有节制地拼命写作，积劳成疾，糖尿病和冠心病并发，导致偏瘫，整个左半身失灵，用他自己的话说是失去了"半壁江山"。"大难不死"后，

留恋的
张望

医生严格控制他的作息时间，他只有唯命是从。我来到他居住的文联宿舍楼"红帽子寓所"时，又见到门上他亲笔书写的"告示牌"——

敬启（5版）

政府已向本室主人颁发残疾人证，受到《残疾人权益保障法》保护。本室主人年届六旬，受到《老年人权益保障法》保护。

老弱病残	四类俱全
伏枥卧槽	非比当年
整理文集	刻不容缓
下午会客	四时过半
谈话时间	尽量缩短

本室主人叩

看看手表，刚好下午4时过半，我便叩响了房门。曾彩美笑着将我迎进去。宽敞的客厅里，最醒目的便是一块金光闪烁的铜匾，上书"人民作家，光耀乡土"8个大字。这是他的家乡——通县人民政府在刘绍棠文库揭幕仪式上授予他的。拥有一大堆获奖证书的刘绍棠，把家乡父老乡亲送他的这块铜匾看得比什么都荣耀。

走进绍棠的书房，我一眼看见书柜上方端放着一个黑白相间的足球，上面签着北京国安足球队一员员虎将的名字。玻璃镜框里，是一张时任主教练金志扬与刘绍棠的彩色合影照。看来，他这个轮椅上的足协副主席还真的进入角色了。

"你也是足球迷吧？"我问。

"我算不上球迷。"

"你年轻时爱踢足球？"

"特臭。"

我们不禁哈哈大笑。原来，对国内外各种信息兼收并蓄的刘绍棠，频频被足球小伙的拼搏精神打动。他觉得，文化人也很需要这种拼搏精神，文体不该分家；另外，运动员也应该不断提高文化素质，体力、知识应该结合起来。新一届北京市足协成立时，绍棠作为连续四届北京市人大常委，也愿意为推动足球运动的发展尽一份心。在金志扬等朋友的促成下，刘绍棠坐着轮椅"出征"，受到热烈欢迎，经过选举当选为北京市足协副主席。那天，大家兴高采烈，绍棠也仿佛年轻了20岁。那天归来，刘绍棠累得够呛，夫人曾彩美赶快

留恋的
张望

照顾他服药、休息，绍棠却连呼："痛快！痛快！"

刘绍棠的真正身份还是作家，他谈到当时正抓紧整理的《刘绍棠文集——大运河乡土文学书系》，谈到他刚出版的杂文集《红帽子随笔》，还特别提及呕心沥血终于创作完成的长篇小说《村妇》。这部21岁就曾写成初稿，但因手稿被毁，直到1996年才重新写就的小说，展现作家生于斯、长于斯的北运河20世纪变迁的历史画卷，融入了刘绍棠几十年的人生感悟和对父老乡亲们全部的挚爱。"我顶着高粱花儿走向文坛，历经几十年风风雨雨，我的一个最美的梦，终于要圆了。"

我听他"大侃"的，几乎全部是《村妇》里的动人故事。时而他眼里充盈着泪花，时而我不禁为书中的人物命运扼腕叹息，不知不觉中，夜幕已拢上窗来……

魂归故里

随着北京城市副中心的建设，古老的通州大运河以美丽而崭新的面貌展现在世人眼前，刘绍棠学长生前说过的那句

"如果我的名字与大运河相连，也就不虚此生了"，此时更时常回响在深念他的人们耳旁。

大运河不会忘记他，大运河畔儒林村的父老乡亲不会忘记他。他曾用40多年的创作抱住这块沃土不放，年仅61岁的璀璨人生，全部融入了大运河日夜不息的涛声。

通州区在建设、打造北京城市副中心的同时，十分重视挖掘大运河源头，即通州北运河的丰厚的人文底蕴。作为当年唯一在场的媒体记者，我越发觉得有义务、有责任把20年前刘绍棠骨灰安放的情景再现给今天的建设者们与千千万万和我一样深切怀念他的人。

那是1998年4月12日，刘绍棠的骨灰悄然安葬在他的故乡——京郊通州区北运河畔。

绍棠学长的骨灰安葬地选在紧临大运河端头的一处土坡上。这里，远可望见作家生身之地儒林村的袅袅炊烟，近能听到大运河流淌不息的水声。通县人民政府曾于1992年为他设立刘绍棠文库，因肝硬化抢救无效、没有来得及留下任何遗言的刘绍棠长眠于此，当是魂归故里了。

当日中午12时45分，几辆小车驶近。身着黑色服装的曾彩美走下车来。这是一个没有任何官方色彩的仪式，甚至没有

留恋的
张望

刘绍棠、曾彩美与
他们的孩子

告知与刘绍棠交往甚深的众多朋友。然而，依然有不少人早
已等候，为他送行。

曾彩美缓步登上北运河畔土坡，这里依稀可见河东岸的
农舍。脚下这熟悉的土地，她曾随丈夫无数次走过，绍棠瘫
痪后，她还用轮椅推着他来探望大运河和乡亲。是日，绍棠
将留下不走了。

黄土坡上，亲属们已挖好了一个一米见方、约两米深的
坑穴。刘绍棠的三弟刘绍振等人跳下坑，他们先把一个用
水泥筑成的石匣正面朝东南放好，然后准备把黄绸覆盖着
的骨灰盒放进去。这时，曾彩美已泪流满面，她把绍棠的
骨灰盒紧紧地抱在胸前，哽咽得难以成言。绍棠的儿媳玲

玲拿出了随葬物品：3本新出版的还散发着油墨气息的《刘绍棠文集》，父亲生前喜爱的两瓶茅台酒、一支粗杆蘸水钢笔和几个备用的笔尖。小女儿刘松苎悲痛欲绝地呼唤着："爸呀……"

下午1时30分，水泥匣盖封死了，刘绍棠的长子刘松萝按照通县农村的"老礼儿"，第一个捧起泥土撒下去……刘绍棠的骨灰盒，被亲友们一抔一抔和着泪水的泥土覆盖了。

安葬刘绍棠骨灰的地点不是公墓区，不能立碑，曾彩美率儿孙们种下了一棵常青的松树。人们纷纷把带来的鲜花一束束、一瓣瓣地洒落在安葬着刘绍棠骨灰的土地上……

一位用600多万字作品来浇筑书中乡土的作家走了，一个如此热爱生活，热爱故土，热爱文学、足球和侃大山的人走了。没有墓碑，没有铭文，然而，他魂归故里，得以安息，他应该是幸福的。

近几年，我曾和几位北京二中校友去故地寻访，已不得见墓地。后来得知，因工程建设需用地，刘绍棠学长的墓已迁往运河大堤路西侧约一公里处。没有关系，安眠在这里，大运河的汩汩流淌，尤其是那动人的桨声，他是一定可以听

留恋的
张望

到的。

绍棠，大运河永远流淌着你的名字！

（原载2019年2月28日《解放日报》"朝花"副刊）

张中行

2021年2月24日是张中行先生仙逝15周年的忌日。

15年前，记得是一个阴沉的日子，作为京城报纸副刊的编辑，肯定不能无动于衷，然而用怎样一篇独家的有分量的文章来送别这位"世纪文化老人"呢？我直觉地想到了我中学时代的老师赵庆培，他曾是北京二中、景山学校语文教研组组长，堪称北京中学语文教学界的一位名师，且对张中行先生很有研究。

一篇旧文悼『行公』

2021 年 2 月 24 日是张中行先生仙逝 15 周年的忌日。

15 年前，记得是一个阴沉的日子，作为京城报纸副刊的编辑，肯定不能无动于衷，然而用怎样一篇独家的有分量的文章来送别这位"世纪文化老人"呢？我直觉地想到了我中学时代的老师赵庆培，他曾是北京二中、景山学校语文教研组组长，堪称北京中学语文教学界的一位名师，且对张中行先生很有研究。

我打通了赵老师的电话，不想，赵老师一口回绝了，他说，写有关张中行先生的文章，要找大家、大手笔。他随即推荐了张厚感先生。赵老师说："张先生也是人民教育出版社的编审，与张中行先生同事多年，是'行公'最认可、最贴心的知名学者。张中行先生的讣告悼文，就是由他来执笔的。"他特别嘱咐我，不能指望他自己写，在悲伤哀痛的情绪中，他是不会动笔赶稿子的。你们要登门采访，用访谈的形式来完成这篇文章。

　　按照赵老师提供的电话，我联系上了张厚感先生，约定当天下午即去他府上采访。我抓紧列出了采访提纲，十几个问题。恰好，刚刚从复旦大学新闻系毕业，正在我们副刊部实习的赵耕也在办公室，我就让她和我一起去采访。我本意是借此机会带带她。采访很顺利，我把写稿的思路说给她听，她点头并记在本子上。我又试探地问："你来写初稿好吗？"小美女毫不犹豫，说："好。"

　　其实，我心里是不踏实的。这是一篇要发整版的大稿，时间性强，容不得写第二稿、第三稿。为了避免被动，我连夜也开始动笔写稿。隔了一天，赵耕的一万多字的"大稿"交到我手里，初看就把我惊着了：真不愧是复旦新闻系的高才生啊！文章写得很"还原"（如实记录了张厚感先生的谈话内容），又取舍得当，可说基本成形。我修改一稿后，第一时间传真给张厚感先生审阅，顺利通过。拼版时我大胆地把"张中行先生悼文"也附带放到版面上了。

我让赵耕拿着拼出的大样送主管副总编辑初小玲审，目的是让报社领导注意到她，有利于她实习结束后能留在报社。初总很快退样子了，平时她都在自己名字上画个圈儿，表示同意。这次我一看，心都提到嗓子眼儿了，怎么还批了好几行字啊？千万别让撤稿呀！细看，由忧转喜：初总一段话都是表扬的，她高度认可我们的选题及时，称赞文章写得讲究，有深度，对版面安排"悼文"开了绿灯。特别让我感动的是，她最后写了这样一句："辛苦了，谢谢副刊部！"文章见报后，总编辑严力强来到副刊部，肯定这篇文章写得好，这个版做得好。他问："赵耕是谁？"我把赵耕的情况做了介绍，提出希望报社留用她，我们副刊部急需人才。严总笑了，说了句："让她多写。"

转瞬 15 年过去了。我和初小玲先后从报社退休，美女赵耕已成为报社的中坚力量，北京日报副刊部的资深编辑。

令人惋惜的是，张厚感先生已于 2016 年因病辞世，享年

75 岁。我借用这几句来缅怀厚感先生：云山苍苍，江水泱泱，先生之风，山高水长。

附原文：

世纪文化老人张中行
——张厚感先生访谈

采访张厚感先生，是在北京虽已初春却十分阴冷的一天。天色灰暗，我们坐在张先生家的客厅里，听他讲述即将被一个百岁老人带走的故事。作为与张中行先生共事多年的晚辈、同事、挚友，同为人民教育出版社编审的他，因刚刚牵头完成一篇沉重的写作——张中行先生的悼词，脸上明显留着疲惫。我们的采访一次次被打断，张先生的手机响，电话响……而一切都是围绕着一个名字展开的，那就是 2 月 24 日溘然长逝的世纪文化老人——行公。

留恋的
张望

著名语文教育家，学者，作家——我相信这样的称谓行公本人也会认可的

记者：您一直称张中行先生"行公"，这个称谓有什么特别的意义吗？

张："行公"只是我们小圈子里的称呼，因为他随和、好玩，而大多数人还是称他"张先生"。

记者：您愿意谈一谈和张先生最后见的一面吗？是在什么时候？

张：过了年就听说，行公的身体很虚弱，不吃饭，喝奶也吐，只能靠输液维持，家里人着急，就把他送进了医院。行公去世前几天，人教社老干部处处长就找到我，说行公情况不好，社里要我提前准备悼词，但不要声张。还问我要不要看看他们摘抄的档案材料，我说不用，情况都熟悉。当时我放心不下，就和几个同事及外地朋友去了医院。我们进病房的时候行公正在睡觉，护士轻轻把他叫醒，让他吸了点氧，精神看起来不错。我问行公："认识我是谁吗？"行公很清晰地说："张厚感！"另外几个同事，行公也都能勉强认出来。这样，我们觉得情况还好。我对行公说："山中常有千年

树，路上难逢百岁人。您要争取活到100多岁啊！"没想到那次竟是见行公的最后一面。不知出于什么心态，我竟然在记事本上把我们4个人的名字记下来，过去多次到医院探病是从来不写的。

记者：概括一位世纪文化老人的一生并非易事，您是以什么样的思路来完成的？

张：行公去世之后，我在第一时间得到通知，让我写悼词。我想，首先就要凭我们的理解，定一个大的"调子"。它要让社会认同，让送审通过。现在外界舆论把行公称作"国学大师"，或者"通儒"什么的。我认为这不准确，行公在世也不会同意。顺便说，"国学大师"这个称号安在启功先生、季羡林先生身上也不合适，因为他们的研究领域毕竟没有涵盖"国学"。像王国维、陈寅恪这样专门研究传统文化、学术的大家才能称得上"国学大师"。所以我们对行公的定位就是——著名语文教育家，学者，作家，人民教育出版社特约编审——我相信这样的定位是公允的，行公本人也会认可。其次，表达方面要灵活一点，尽可能不做八股文章。

记者：为您非常熟悉、崇敬的张先生这样的大家写"盖

留恋的
张望

棺论定"的文字，您的压力一定不小吧？

张：那是自然的。千余字的短文，我们几个起稿人就着电脑边议边改，改了五六稿，字斟句酌。比如怎样写行公去世，和所有人一样写"因病医治无效"？太一般。我们最后用的是"停止呼吸""无疾而终"。这是事实，是一种人生境界，行公走得很安详，无痛苦，达到了这种境界。用老话说，是"祖上积德"。记得曾有报道，夏衍临终前对上海来探望的人很自豪地说："回去告诉上海的朋友，我夏衍是无疾而终！"据说丘吉尔逝世更妙，他手指夹着哈瓦那雪茄，桌上摆放着法国香槟，爱犬蹲在一旁，壁炉里火烧得正旺，他"躺在安乐椅上长辞而去"——这是什么样的境界啊！何况行公享年九十有八，就是百岁老人嘛。他生前也说过："人生活到这一步，是比较满足的了。"

记者：送走行公，现在看，您觉得有没有留下什么遗憾呢？

张：还是有点小遗憾。悼词定稿送审之后我们才想起来，忘了一层重要的意思。西谚有云："失去一个老人，等于烧毁一座图书馆。"行公的逝世，是我社教材事业的巨大损失，也是我国文化教育事业的巨大损失——这尽管是套话，但也是要写的啊！发现后想补上，却来不及了。

记者：有什么办法来弥补这个遗憾？

张：这两天我总想再写点什么东西送行公，但是脑子一直很乱。想写首诗，也刚出来两句：与公相识恨时晚，廿载沙滩几度谈。因为我和行公是北大中文系校友，他毕业比我早30年，我们都有很深的北大情结，后来又多年在同一办公室里办公，饮酒吟诗，赏砚临池，其风骨，其智慧，沁人心脾。我们之间有真挚的亦师亦友之谊。中语编辑室还有一位北大中文系校友熊江平，是恢复高考时湖南的文科状元，行公和我多年都叫他小熊，现在都成50几岁的老熊了。他为行公撰写了一副深情而大气的挽联：贤哉若此也非官非隐一介书生落落长松利与名只当梦幻浮云看；逝者如斯夫适来适去万般惆怅潸潸别泪人和事都在流年碎影中。刚刚我又收到一位年轻的同事发来短信，他也写了一副挽联：先生古之真人也负暄说禅论顺生大寝不梦；后学今者假想矣倚篱耕字悲逆旅小康即安。他就是曾为行公诗集《说梦草》写后记的才子李世中，与行公的友谊非同一般，情同祖孙，可见行公遗爱之深广。

留恋的
张望

他心态平和，就像一泓秋水，波澜不惊

记者：您和张先生共事 20 多年，觉得张先生最重要的性格特点是什么？

张：豁达，看得开，从来不生闲气。举个例子，有一次，行公被老伴支派去买点肉馅来包馄饨吃。他来到北大东校门外成府路的副食商店，售货小姐称好了肉馅，叫行公把钱放在一个盘子里。行公没听见，把钱放在了柜台上。该小姐很不高兴："叫你把钱放在盘子里，怎么搁这儿啊？成心啊！"行公赶紧说对不起，我刚才没听见。你知道她说什么吗？——"那我骂你，你听见没有？"行公没说话，扭头出门，悠然打道回府，"真的"没听见。后来他在未名湖畔散步，跟北大的老教授聊起此事，他们听了，都说——妙！

记者：这也是张先生的长寿秘诀吧？

张：应该是。行公 80 多岁的时候，每周还到沙滩单位三四天，审稿子，看校样，会晤朋友，处理信件；另外三四天在北大家里，主要就是写东西，每周七八千字的产量，雷打不动，一天工作十来个小时无倦意。他还"训"我呢："在人教社工作是有时间读书写作的啊！你为什么不多写点东西？"他自己出门总是挤公共汽车，从来不打的。提着两壶开水能自己走上四楼。我觉得行公长寿的关键在于心态平和，就像一泓秋水，波澜不惊。他总是乐呵呵过日子，从不自寻烦恼。有时候得一方手感滋润的砚台，一天能摸好几遍，还让同事摸、朋友摸，指指点点，他能高兴好些天。

记者：除了豁达，张先生还有什么给您留下特别深刻的印象？

张：行公是性情中人。前几年有记者采访他，说到生死观的问题，问他如果离开人世，可有什么留恋？行公说，当然有，帝王会留恋天下、三宫六院，我等凡人，留恋的无非是男女之情。记者又问行公，那您有没有情人？行公很干脆地回答："有！"行公写过一篇叫《情网》的文章，里面就讲，在他弥留之际，如果"情网"中人能来看他，"执手相看泪眼"，他就满足了。

记者：看张先生的文字，的确是性情文章。

张：前些年，世界妇女大会在北京召开的时候，行公还出了一本书，就是讲妇女问题的。行公总是说，人生根本就是"饮食男女"四字，"饮食"好满足，"男女"却是满足不了的，但我等人也无非是发乎情，止乎礼义罢了。外国有句

留恋的
张望

谚语，大意是，如果一个女孩子很漂亮，男孩子不喜欢她的话，就对不起上帝。行公有一次跟我讲，年轻的时候，几个朋友约好了去看赛金花，结果没去成，真是终生遗憾。若是见了，不知又能做出一篇多漂亮的文章呢！又说还曾和朋友约好去看魏喜奎，结果找错了地方，失之交臂，也是人生一大憾事。

记者：能说说张先生的家人吗？

张：行公的老伴是3年前过世的。那时候行公的身体已经很虚弱，常常住院。老伴就由保姆和女儿女婿轮流值班照顾。老太太身体本来很好，可是有一天从床上掉下来，摔着了。当时正是闹非典的时候，也不敢往医院送，结果一星期之后老太太就过世了。行公那时虽然身体不好，但一点也不糊涂，这件事他心里应当很清楚，但是没有问到底是怎么回事，自始至终没说过一句。行公常夸老伴温婉，能忍耐，关心别人，早餐两个鸡蛋，总是拣小的吃，是个大好人。他一往情深，诗中多有涉及，比如："路女多重底，山妻欲戴花。""乞米求新友，添衣问老妻。"等等，写得情真意切。

行公的功底深厚，他编课本、出诗集、写散文、写哲学佛学的书……还指导朋友编写过菜谱呢

记者：很多媒体都说张先生是"大器晚成""厚积薄发"，您认为是这样吗？

张：这么说，不准确。他是哲人、诗人，在北大读书的时候，读罗素的书都是英文原版的。行公成就最高的当然是散文，但其实他在50年代中期写的语法本子就很有影响力了，而他的兴趣却不在于此。他和我说过苦衷，涉足语法，一来感到安全，二来为了生计。当时行公的父母还都在世，加上岳母，3个老人；下面有4个女儿，老伴又没工作：全家9口人靠行公每月的百把块工资生活，够紧的了。但他从来没申请过困难补助。行公就在那段时间写了《紧缩句》《非主谓句》等，反响很好。上个世纪50年代、70年代，两次在哈尔滨召开的全国语法会议他都参加了。我还记得行公曾经颇为得意地对我说："赵元任先生还引用过我书里的例子呢！"就靠这些小册子，行公送走了3位老人，把4个女儿拉扯大，并送上了大学。

记者：哦，第一次听说。

张：不光语法书啊。行公的功底非常深厚，他编课本、

留恋的
张望

出诗集、写散文、写哲学佛学的书，一般人都知道，而有所不知的，他还指导编过菜谱呢！北京鼓楼前有个有名的马凯餐厅，行公和我，还有人教社的同事常去那里吃饭，一来二去，和经理、厨师等很熟。我们还帮助他们出了一本《马凯名菜谱》，行公亲自修改，定稿，作序，由北京出版社出版。当时，逢包桌的客人，就送一本。现在那个餐厅迁走了，行公也谢世了。真是人世沧桑啊！

记者：您本人最推崇的是张先生的什么作品呢？

张：当然是散文。行公的散文随笔，既体现了深厚的传统文化功底，又不乏现代科学民主意识。用他自己的话说，就是"内容方面是言志而不载道，表这方面是写话而不诌文"。其文风委婉，自然，从容不迫，不泥章法，如行云流水；闪烁着智慧之光，往往把读者带进一种神出鬼没、妙趣横生的境界。行公还善于咏叹，比如，他被发配回老家，寂寞难耐，曾经写诗表达这种心情，其中的一联对得很妙："榻前多鼠妇（潮虫），天外一牛郎。"备受称道。可他却著文感叹说："很多朋友都说这两句不坏，但试想想，多年的苦难，才得这么两句，代价也太大了！"不禁令人噫唏不已。我们随便翻开他一本书，比如《流年碎影》吧，不要说文字，单看那些小标题——"抄风西来""伤哉贫也""使民战栗""既往咎之"……多么贴切，多么灵动！再看看那张他和启功先生举杯的合影，下面是行公借用的话语——忍把浮名，换了浅斟低唱——多么绝妙，多么有神韵。

记者：说说您给张先生的书作序的事吧。

张：前辈请晚辈、先生请学生作序，行公可能是头一份。1991年我们人民教育出版社出版行公的《诗词读写丛话》，我是责编，行公执意让我写序。我当时请同是北大的同学陶文鹏一起写，因为牵涉对行公诗词作品的评价，我感到没把握。还不敢称序，只叫前言。写好了拿给行公看，他一字未改。后来1995年又出了《说梦楼谈屑》，也是我作的序，又请同是北大同学的吴坤定参与，这次行公动笔了，我一看，改了一处。我们说他"文笔之奇高，有人叹为当今的《世说新语》"，行公把前半句改成了"文笔之奇，之高"，我真是佩服得五体投地，只加了一个标点，一个字，一下子就提升了一个层次。我还和行公开玩笑："您这是又把自己拔高了啊！"其实这次行公本没叫我写，找的是前面说的老吴，因为此书在他供职的北京出版社出版。后来吴兄说不熟悉作品，拿着书稿来让我写，我说："你怎么就不理解行公的本意

留恋的
张望

呢？我'吹捧'过他了，行公是想多找一个人'吹捧'啊！"我们哈哈一笑！

记者：行公大智慧，处事很认真。那张先生自己呢，对自己的作品他怎么看？

张：行公晚年的文章，这十几年是文坛的热门话题。京城书摊往往同时摆着他几本书，简直是一道风景线。虽说外界褒贬不一，但总是褒多于贬。行公本人觉得读者有不同意见，很正常。有一次他接到一封读者来信，说他的文章通篇都是废话。他看了就笑笑，还很认真地给人家回信。有小报披露他年轻时候的恋爱婚姻生活，颇有微词，一时间闹得沸沸扬扬。很多朋友都怂恿他写文章澄清，他却觉得不值得。他说，年轻时候的恩恩怨怨，是是非非，小事一桩——我的态度还是"知道了"。颇有几分矜持。

行公与杨沫，无以评说的纠葛

记者：大家都知道张先生是杨沫的前夫，所以有一个最让人关心的问题，张先生究竟是不是"余永泽"？

张：《青春之歌》面世之后，在世人眼里，林道静成了杨沫的化身，行公成了余永泽的"模特"。杨沫曾向行公打招呼，那是小说，请不要介意。行公说，我知道是小说，我不看；但心里想，如果是我，就不这么写。新中国成立后，行公和杨沫在北京西郊相遇。言谈中，杨沫对再婚的丈夫有些抱怨和不满的话，行公一句也不接茬，他对杨沫说，我们只叙别后，不谈家庭。

记者：那么张先生后来对杨沫的态度呢？

张："文革"中，有人来调查杨沫的历史，问行公，杨沫是否加入过国民党。行公答：不，她进步。那人就说：你怎么能够否定？我们掌握材料！行公回答：我根据她当时的思想表现，认为她不会加入这类组织；你们既然掌握了材料，又何必来问我？当时行公也正在受审查，一个已经"斯文扫地"的人，面对着吹胡子瞪眼睛的，他还能说出这样的话来，实在有道行。

记者：也就是说，他们两人可以冰释前嫌了？

张：不是的。杨沫复出之后，听说行公说真话，没伤害她，很是感激，慢慢两人来往就多了起来。可后来又发生了一件事让两人重新有了隔阂。当时有个年轻的女作家来采访行公，让他说说自己和杨沫的往事。关于两人分手的原因，行公说的就和在《流年碎影》里写的一样，说当时杨沫在香河，自己在天津，有一天接到香河来的一封信，说杨与在那里暂住的马君来往甚密，劝他如果还想保全这个家庭，最好把杨沫接回来。后来他虽把杨接回了天津，但从此有了隔阂，彼此都很痛苦，不久就分手了。但后来那个女作家发表文章的时候，用了小说笔法，描述成第三者插足，还"发挥"说，从小说到现实，革命加爱情的八股不见得多美满，等等。杨沫看到之后很恼火，认为是行公怂恿作者这样写的，从此与行公又疏淡了。

记者：张先生难道不觉得很委屈吗？

张：其实行公一贯主张写人记事与写小说要分开，这件事实在让他有口难言。可是一波未平一波又起，杨沫出了本书，写"我的三个爱人"。写到行公，虽然肯定了他在"文革"中敢说真话，但说起年轻时的感情纠葛，还是老调重弹，说他"负心、落后"，多有不是。行公看了，觉得仍然是小说笔法，他自己还是保持"知道了"的态度，继续沉默。他私下里说，年轻时候的恩怨是非，别人爱怎么说就怎么说，读者爱怎么想就怎么想，我不解释。人都这么老了，吵来吵去没意思。

记者：您了解他对杨沫究竟有没有感情？

张：行公一直保存着杨沫当年的一帧照片，是后来翻版送给他的，背面还有杨沫的题词。词曰：照片可以翻版，生活能翻版吗？可见旧情依依。行公和杨沫曾在沙滩大丰公寓安家。后来行公有时从此经过，总要探头看看院里那棵枝叶繁茂的大槐树，发一番"木犹如此，人何以堪"的感慨。可杨沫去世时，行公没有参加葬礼，不想向她最后告别。事后行公说："我们两人思想感情相去甚远。她走的是信的路，我走的是疑的路。"

记者：我知道张先生和杨沫有一个女儿，但她为什么姓徐呢？

张：我也问过行公这个问题，他说是因为小时候曾把女儿寄养在冀南的一个徐姓人家。每次行公提到徐然，总觉得欠女儿点什么，我猜是因为未尽抚养情义吧。徐然也很想做点父母的弥合工作，曾经"投石问路"，问行公："爸爸，我常来，您高兴吗？"行公很肯定："虎毒不食子！"徐然又问："您想我妈妈吗？"行公很干脆："不想！"人是有感情的动物，行公向我转述的时候，看得出来他神游时空，若有所思，不是不想孩子她妈妈，而是更想女儿常来探望。

记者：徐然是什么时候知道张先生是她的生父的？

张：徐然一直到40多岁的时候才知道行公是她的生身父

亲。此前她就很崇拜行公的学问，但是一直称行公为"张老师"。后来杨沫向女儿袒露了她的身世，当时跟随爱人在贵州工作的徐然就给行公写了一封信。接到女儿的信，行公就落泪了，在回信中他写道："没想到今生还能接到你的信……我，你这次称为老师的，是你生身的父亲。"那封信很长，行公把自己和杨沫过去的事都告诉了女儿。徐然后来还写过一篇文章叫《情是何物》，写得很动情，很感人。

行公后来的 4 个女儿都是学理工科的，虽然都很有成绩，但还是很遗憾，没人能真正继承行公的学问。只有徐然，她是个作家，曾经在北京市文联当编辑，写过不少作品。行公去过她家做客，其夫婿是工程师。有时让行公评价一下女儿的文字，行公充满情意地摇头："大模样可以，不生动。"话是这么说，而行公曾想把自己的藏书留给徐然。但后来又不提此事了，不知什么原因。现在呢，徐然几年前就去了美国，行公纵然有这个心愿也不能实现了。

就在我们即将结束采访，准备告辞的时候，天空忽然飘起了鹅毛般的雪花。张厚感先生站在窗边看了一会儿，忽然扭头对我们说，请等一下。接着他走到书桌边，铺开宣纸，完成了他那首一直想送给行公的诗——

哭行公

沙滩长恨相逢晚，

廿载千番促膝谈。

赏砚吟诗品小酒，

何时明月照公还？

延伸阅读

张厚感执笔的悼文

沉痛悼念张中行先生

著名语文教育家，学者，作家，人民教育出版社特约编审张中行先生，于 2006 年 2 月 24 日凌晨 2 时 40 分，在北京无疾而终，安详地停止了呼吸，享年 98 岁。

我们怀着极其悲痛的心情，深切地缅怀这位世纪文化老人！

张中行先生 1909 年 1 月 7 日出生于河北香河一个普通农

留恋的
张望

家。1931 年毕业于通县师范学校，同年考入北京大学中国语言文学系。1935 年大学毕业后，曾任教中学、大学，主编佛学杂志。1951 年 2 月起任职于人民教育出版社，从事中学语文教材编写及教学研究工作，历时半个世纪之久，为我国文化教育事业作出了重大贡献。

从 20 世纪 50 年代起，在叶圣陶先生领导下，张中行先生先后参加了《语文》《汉语》《文学》《古代散文选》等多套中学语文教材及图书的编写、审读工作，主编了《文言常识》《文言文选读》。其间，为普及中学语法知识，还著有《紧缩句》《非主谓句》等多种语文著作。晚年退休后，作为特约编审，他审读了多种教材及课外读物，特别是对文言作品的选注、解读，严格把关，一丝不苟，表现出老一代编辑家严谨的治学作风，受到社内外同人的高度赞誉。

早在中学时代，张中行先生开始接触新文学，博览群书，追求新知。在沙滩红楼的大学四年，他开阔了知识视野，接受了科学、民主思想。毕业后，孜孜不倦，持之以恒地思考人生问题，广泛涉猎古今中外哲学典籍，研读英文原版知识论、认识论著作，形成了自己的人生哲学观。

张先生博古通今，学贯中西，功底深厚，文笔奇高。20

世纪 80 年代中期，他活力焕发，以古稀之年，笔耕不辍。1986 年《负暄琐话》面世，以冲淡平和的笔触，写人记事，怀旧伤远，别具一格，令世人瞩目。从此一发而不可收，《负暄续话》《负暄三话》相继问世，被誉为"当今的《世说新语》"。

此后，继 80 年代初的《佛教与中国文学》，张先生又接连出版了《禅外说禅》《顺生论》等专著，说禅道别开生面，论哲理发人深思，在海内外产生了巨大影响。

20 世纪 90 年代后期，又出版了回忆录《流年碎影》。他检点平生，伤逝感怀，写尽世道人情，字里行间充满沧桑之慨，饱含人生哲理，令人荡气回肠，寻味不尽。此时，另有诗词集《说梦草》及杂文集《散简集存》等付梓。他的大部分著作结集为《张中行作品集》6 卷，凡数百万言，1995 年由中国社会科学出版社出版。他的书拥有广大的读者，风靡全国。一时间，张中行先生成为 20 世纪末学界瞩目的文化老人。1995 年中央电视台《东方之子》栏目对他作了专访。

张中行先生热爱中国传统文化，治学遍及文史、哲学、佛学诸多领域，是一位文化底蕴丰厚的"杂家"。他执笔为文，以真面目见人，其文如行云流水，如话家常，举重若

留恋的
张望

轻，从容自若，平实自然，冲淡而有韵味，灵动而又厚重，具有独到的语言风格。

张先生一生爱国爱民，淡泊名利，生活简朴，乐观旷达，秉持贵生、顺生、乐生的人生哲学，无论遭遇如何，都泰然处之。他崇尚科学民主，反对封建专制迷信，重视知识学习，强调教育对人的启迪作用。他继承儒家"民贵"思想，又富现代理性精神，时存悲天悯人之怀，多有洞明世事之智。他摩砚临池，赏画吟诗，与朋友共而其乐融融。他好交游，重情谊，宽厚待人，有平民意识，对后学晚辈关爱有加，是一位慈祥可亲的长者。

云山苍苍，江水泱泱，先生之风，山高水长。百年老人张中行的道德文章，智者风范，仁者情怀，永远铭刻在我们心中！

张中行先生治丧委员会

2006 年 2 月 27 日

（《北京日报》记者赵耕、李培禹采写，《世纪文化老人张中行——张厚感先生访谈》，刊于 2006 年 3 月 3 日《北京日报》，2006 年 4 月号《新华月报》转载）

赵丽蓉

在北京西郊温泉乡温泉村显龙山南麓，有一座青松翠柏掩映的墓地。这里，离赵丽蓉老师晚年居住的韩家川仅数里之遥。安息在这里的老人家，清晨还会听到院子里母鸡下蛋后"咯咯哒，咯咯哒"的叫声，傍晚还能和水缸里游弋的金鱼说说话。但每逢"清明"前后，平日里的沉寂便被打破，来这里为老太太扫墓的人多起来了。

念 想

　　在北京西郊温泉乡温泉村显龙山南麓，有一座青松翠柏掩映的墓地。汉白玉墓碑坐北朝南，庄重素洁。碑正面刻有"慈母赵丽蓉之墓"，无传记式碑文。这里，离老人家晚年居住的韩家川仅数里之遥。安息在这里的老人家，清晨还会听到院子里母鸡下蛋后"咯咯哒，咯咯哒"的叫声，傍晚还能和水缸里游弋的金鱼说说话。但每逢"清明"前后，平日里的沉寂便被打破，来这里为老太太扫墓的人多起来了。

　　春风又过韩家川。

　　细想，赵丽蓉老师离开我们已经 16 个年头了。我想起她临终前留下的话："我就是一个老百姓，要平凡地来，平凡地走。"她查出癌症住院期间，包括我在内的许多晚辈多想去医院看看她啊，然而得到的答复是："别来了，你们看见我难受，我见了你们也难受。"我相信这是老太太的心里话，所以我一直没有去探望她，只是心里默念着：赵老师，你快点好起来吧，多少人想念你啊！

我和赵丽蓉老师相识，是20多年前在著名作家浩然的家里。那时我带着报社的任务采访浩然，就住在了河北三河浩然的"泥土巢"里。采访快结束的那天，赵丽蓉从城里来看她的老乡——浩然。那时两位老人身体都挺好，根据浩然的长篇小说改编、赵丽蓉主演的电视连续剧《苍生》刚刚播放，他们谈得十分投机，两位老人都"话多"。我在旁边听着，分享着他们的快乐。

那天，浩然请我们吃了正宗的京东肉饼。饭后，赵丽蓉老师让我搭她的车回城里，她说："路上咱们可以聊天，省得闷得慌。"记得那是一辆评剧院的老式伏尔加卧车，虽然开不了太快，座位却宽敞、舒适。赵老师知道我当时正在采写浩然，就主动给我讲了许多浩然的事儿，她还一再说："浩然是个大好人，值得好好写写。"

不久，我采写的报告文学《浩然在三河》在报上发表了，

留恋的
张望

我没忘记给赵丽蓉老师寄去一份报纸。让我喜出望外的是，在不少读者来信中，有一封竟是赵丽蓉老师的亲笔信，她说她没有文化，但这么长的文章却看了两遍，她觉得："是这么回事儿。""你为好人扬名，谢谢你。"

此后，我成了赵老师家可以登堂入室的一个小朋友。当时我在北京日报文艺部当记者，同时负责编辑《新秀·明星征文》栏目的稿件。年底，文艺部要举办一台征文颁奖晚会，需要一位"大腕"艺术家压轴，大家想到了赵丽蓉，因为她在中央电视台春节联欢晚会上的演出太精彩了，全国最火的"腕"非赵老师莫属。我是抱着试试看的心情拨通了赵老师家的电话的。"你什么时候来家吃炸酱面？"是赵老师亲切的话音。我赶紧把报社的事儿说了，想等她推说忙就算了。不想，赵老师想了想说："你过来吧，我算算日子。"第二天，当我敲开赵老师的家门时，一屋子人在围着她。一听，有电视台的、有银行的、有部队的，都是邀请她参加演出的。赵老师见到我，悄悄地打手势，示意我千万别开口。等她一拨一拨打发走来人，才松了一口气，对我说："科（可）别当着他们的面儿提你的事，一提准泡汤儿。"赵老师痛快地答应参加我们的颁奖晚会，而且她还做了精心准备。

演出那天，北京展览馆剧场 2700 多个观众掌声雷动，老太太几乎下不了台。谁能想到，这是一场没有报酬的演出啊！当我在后台迎下汗淋淋的赵老师时，她竟问了我一句："还行吗？对得起观众吧？"在场的所有人都情不自禁地冲着她鼓起掌来。

还有一次请赵老师"出山"，也是令人难忘的。1994 年，中央电视台筹拍喜剧电视连续剧《爱谁谁》，剧中的女主角——一位热心的婚姻介绍所所长，又是非赵丽蓉莫属。能请动老人家吗？从领导、制片人，到导演、摄影，都把希望寄托在早已选定的男主角扮演者李雪健身上。李雪健也十分敬重、喜爱她的表演，便亲自登门力邀老太太。那次，也是我提前打了电话，并陪李雪健去见赵老师的。赵老师见到了雪健，特投缘，连夸："这孩子怎么把焦裕禄演成那样儿了，演得真像，演得真好！"接着两位演员完全投入剧本中去了。最后只听赵丽蓉说："雪健啊，冲你，这本子我接了。"《爱谁谁》开拍时，正赶上北京最热的三伏天。有一次我碰见雪健，他撩起裤腿，露出捂出的一溜痱子，对我说："这回我把老太太害苦了，天这么热，她可受大罪了，老太太身上也全是痱子，都是我把她拉下水的……"后来，《爱谁谁》在

留恋的
张望

中央台黄金时间播出，给观众带来了笑声。我和赵老师通电话，她还是那句："还行吗？对得起观众吧？"我把雪健的话复述给她听，赵老师笑了，说："嗨，这孩子……哪天你们来家里，咱们吃炸酱面，雪健好这口儿。"

以后的日子里，赵老师越来越火，越来越忙了。我除了偶尔打个电话问候外，几乎不再打扰她。只有两次，受朋友之托，我邀请她参加大兴县第五届西瓜节开幕式的演出和廊坊市的元宵节庆祝活动，她都毫不犹豫地答应了。她见我有点不相信，就说："你把心放踏实吧，我一准儿去。也不知为什么，我一到农村，一见到老乡，心里就高兴。"一次演出结束后，已是深夜，我送她回到家，老人家就盘腿坐在硬木椅子上歇了好一阵儿。我很觉不安，又不知说什么好，倒是赵老师开口了："你别老觉得过意不去，为农民演出，我乐意。你还得帮我记着一件事儿，拍《苍生》的时候，我吃了4个月三河县的饭。三河人好，厚道。什么时候三河县要搞演出，别忘了叫上我。"

和赵老师交往，都是我找她，先打电话再登门。然而也有一次，是老人家亲自把电话打到了我的办公室。

"培禹啊，我有事求你……"我当时听了一愣。原来，是

她的一个晚辈朋友也可说是学生，河北省一个县评剧团的团长，不幸出了车祸，年纪不大就走了。赵丽蓉非常痛心，她不顾自己当时身体不好，让家人陪着花几百元钱打出租车前往那个县，她要最后见上朋友一面。在出事地点，她呼唤着逝者的名字，老泪纵横。她还按乡村的老礼儿，给逝者家人留下了1000块钱，然后又坐出租车返回北京。彻夜难眠的老人家，第二天拨通了我的电话。赵老师说："这个评剧团团长是个大好人，好人走了应该留下念想不是？你知道，我没有文化，一肚子的话不知该怎么说。想来想去，我想到了你，就你合适。我想求你帮忙，我说你写，写一篇悼念他的文章，我这心也就不那么堵得慌了……"我在电话里安慰了她几句，立即往老太太那儿赶。记得那是我在赵老师家待的时间最长的一次，她说我记，老人家时不时地涌出眼泪来。后来，我代她执笔的文章，题目定作《留下念想》……

送别赵丽蓉老师　张风摄影

今天，当我写这篇文章的时候，我的眼泪直撞眼眶，我多想随手拿起桌上的电话，拨通那个熟悉的号码，然后说："赵老师，是我，培禹啊……"

（原载2016年5月26日《解放日报》，有改动）

韩少华

北京一个春天下午，我给作家韩晓征打电话，本想约她为我们副刊的"人物版"写篇稿子，不想话筒那边传来她哽咽的声音："李哥哥，我正要给您打电话呢……我父亲，今天凌晨去世了……"就这样，我无意中成了最早知道韩少华老师去世这一噩耗的人之一，也因此最早承受着痛失我师的悲痛。

为一位散文家写一篇散文

韩少华老师离开我们 5 年了，我很想他。

那是 5 年前北京春天的一个下午，我给作家韩晓征打电话，本想约她为我们副刊的"人物版"写篇稿子，不想话筒那边传来她哽咽的声音："李哥哥，我正要给您打电话呢……我父亲，今天凌晨去世了……"就这样，我无意中成了最早知道韩少华老师去世这一噩耗的人之一，也因此最早承受着痛失我师的悲痛。

心里难受，下午的工作根本干不下去了，职业的本能提醒我，著名散文家韩少华辞世的消息应该见报，因为他不仅是我一个人的老师，他培养的文学作者该有多少啊！况且，他是我供职的报社副刊的主要作者之一。近几年，大病初愈后，半身不遂的他坚持用左手给我们写了不少作品，受到读者好评。就在2009年新中国成立60周年之际，他还高兴地担任了《北京日报》"我从天安门前走过"文学作品征文的评委。我想，把这讣告式的文章发在韩老师生前喜爱的日报、晚报上，既是代他向他始终热爱着的读者朋友们做最后的告别；也是我——他的一个热爱写作的学生，用心去为一位散文大家写一篇散文，代万千读者为敬爱的韩少华先生送行。

在报社工作多年，我不知编过、写过多少文章，而此刻，我竟呆呆地不知该如何下笔。我要求自己冷静下来，先写下了标题《著名散文家韩少华去世》。由于非常熟悉他，我平静地写出了主要生平部分：

著名作家韩少华于4月7日凌晨因肺心病去世，享年

留恋的
张望

76 岁。

韩少华以散文著称，1961 年在《人民日报》发表并引起文坛关注的散文《序曲》，是其成名作。新时期以来，创作以散文为主，兼及报告文学和小说。报告文学曾连获全国第一、二届优秀报告文学奖。还曾获得散文、儿童文学、小说和讽刺小品等多项创作奖。出版有《韩少华散文选》《暖情》《碧水悠悠》《遛弯儿》《万春亭远眺》等。2009 年 9 月，中国作协表彰从事文学创作 60 年的中国作家协会会员，韩少华获此殊荣。此外，因多篇作品被选入中学语文教材和多年在北京二中、北京教育学院执教并教研成绩斐然，韩先生被公认为中学语文教学的一代名师。

写完以上文字，我的心再也难以平静，和韩老师相识、相知，得益于他的一幕幕往事，潮水般涌进我的脑海……

得以认识韩少华老师，全凭我自己的刻苦努力。1971年，我在北京二中初中毕业。这时，北京市恢复了高中，偏爱我的贾老师，特意把我"交"给了教高中语文的赵庆培老师。在二中这样一所名校，我又遇到了贾作人、赵庆培这样的高师、严师，很感庆幸。但我发现，在二位优秀语文老师的眼中，竟还有一位令他们敬重的语文教学名师，他，就是当时已调至市教育局的著名作家韩少华。记得是高一下学期的时候，我的作文《晚霞》被选入东城区教育局编的《中学生作文选》。这已是我的习作第二次入选印成铅字，赵老师很高兴，下课后他对我说："现在，可以让你见韩少华老师了。你晚上到我家来吧，我约了韩少华。"作为对我的一种奖励，这天晚上我认识了少华老师。

我的"认识"，不知给当时已很忙的韩老师又添了多少忙！每完成一篇习作，我都想听到他的指教，我的"足迹"追随着他从西石槽胡同的小平房，到安外兴化路的新楼房，每次推开房门，都能听到韩老师那亲切的招呼声，我甚至多次吃过韩老师亲手下厨做的饭菜。高中毕业后到郊区插队、恢复高考后上大学、分配到报社当记者做编辑，一算，40多年啊！我知道，我只是他成百上千学生中的一个，他的不少学生都已是知名作家、学者，有的甚至成就斐然。韩老师的一生，是写作、教书俱佳的一生，他洒在许许多多学生身上的心血，文章中不能不写，但又只能简略，一笔带过：

韩少华无论创作旺期还是患病以后，始终热心扶植文学

留恋的
张望

后人。1991年他赴外地为文学青年讲课途中病倒，后用左手逐渐恢复写作，今年1月刚发表了散文《我和袁鹰先生》。

接着，我控制着自己的感情写道：

近日阴冷的天气中他感到不适，曾到天坛医院救治。4月7日早晨6点，在床边守候一夜的妻子再一次呼唤他的时候，却没有了回应——他在睡梦中安详地走了。

我不知该怎样往下写了，文章字数不能太多，否则版面安排上会有困难。如何用最简短、最准确的语言来概括、评价他的文学人生，我在思索，反复推敲着……我已在电脑前坐到凌晨了！这时，像是老天助我，韩老师的生前好友、著名作家刘恒的短信，发到了我的手机上。他写道："独居山中，凌晨醒来惊悉韩少华先生辞世……我写了几句……"这几句，准确、凝练地表达了他作为北京作家协会主席，对韩少华文学成就与人格魅力的高度评价，也充溢着他对北京文坛失去一位好作家、好朋友的哀悼之情。我把刘恒的短信内容，编写进稿件中：

惊悉他辞世的消息，著名作家、北京作家协会主席刘恒说："韩公是淡泊而潇洒的人，文章漂亮之至，恰如其貌。人品也好，既与人为善又与世无争，是个优雅而纯粹的文人。此去黄泉，我们祝他路顺，并将永记他宁静的背影。"

至此，文章基本完成了。我却觉得如鲠在喉，一种永远失去恩师的悲痛袭上心头，没能宣泄表达出来。看看表，已是早上8点多钟了，当天的晚报已开始定稿拼版了。我把这篇稿件通过邮件发给了《北京晚报》文化部主任王晓阳。同时，给她发了短信，提醒她及时查看这篇稿件，尽可能当天安排。很快，晓阳的电话打了过来，说："马上安排，放心。"她非常理解地又说："你还能补充点东西吗？可以多写点。不过要快！我让编辑等着……"于是我很快补充了这样一段文字：

昨天，他的女儿、作家韩晓征说："父亲是在家里睡过去的，很安详。没有留下遗言。我和母亲不断接到深情悼念的短信、电话，人们引用父亲文章里的句子，称赞他温婉多彩的文学人生'就像积蓄了一夜的露珠在晨光中闪烁'。没想到他有那么多的作家朋友、学生都因他的离去而悲痛，父亲可以安息了。"

韩少华老师可以安息了，细心的读者不难感悟到，我是通过客观叙述——晓征的话，充分表达了我自己对韩少华老师的深厚感情！

4月8日下午，《著名散文家韩少华去世》的消息在《北京晚报》刊出，立即被多家网站转发。4月9日，《北京日报》也发出了这篇消息，还配发了一张韩少华老师晚年潇洒、儒雅的照片。没想到这篇只有600字的短文，在不少读者、朋友中引起共鸣，北京的一些作家朋友曾对我说，看到这篇文字就被打动了，看似平淡无奇的语句后面，却藏不住作者对老师的一片深情！

那天清晨，东郊殡仪馆。摆满了花圈、挽联的告别大厅里，哀乐低回。我看到中国作协、北京作协、北京日报社、中国教育报社等单位和王蒙、陈建功、史铁生、刘恒、刘庆邦等众多作家好友都送来了花圈。我排在长长的告别队列里，迈着沉重的脚步走向韩老师，我含着泪水向恩师三鞠躬，心里默默地告慰他：韩老师，您安息吧！我已代您向您的读者告别了；我也代喜爱您的万千读者和您教过的一届又一届的学生，为您送行了……

"清明"又近，我的、我们的韩少华老师，您在天国还好吧？

（原载2015年4月7日《北京日报》，有改动）

留恋的
张望

梁衡

梁衡先生是一本大书，他在新闻、文学、哲学、教育、管理、绘画等多领域取得的学术成就和建树，不是一篇文章能够完成的。我仅就我熟悉的梁衡先生谈一点感受：梁衡，其人其文"从记者到作家，从高原到高峰"。

梁衡是从记者迈入作家行列的，他在名记者这个高原上，又努力攀上了著名作家的高峰。

　　梁衡先生是一本大书，他在新闻、文学、哲学、教育、管理、绘画等多领域取得的学术成就和建树，不是一篇文章能够完成的。我仅就我熟悉的梁衡先生谈一点感受，这感受十分鲜明，就是我题目上提出的论点：梁衡，其人其文"从记者到作家，从高原到高峰"。

作为与梁衡同时代、同时期的新闻人，我们又都毕业于同一所大学——中国人民大学，我很早就关注着这个名字：本报记者梁衡、国家新闻出版署副署长梁衡、《人民日报》副总编辑梁衡、全国人大代表梁衡，最后是著名作家、学者梁衡。我冒昧地推想，梁衡老师对记者、作家的头衔是心安理得的，或者说是欣然接受的。

梁衡是从记者迈入作家行列的，他在名记者这个高原上，又努力攀上了著名作家的高峰。

先说说什么是好记者、名记者。我认为，任何时代、任何环境下，一个人民的记者必须是有情怀的，一是家国情怀，秉持正义，为人民而鼓与呼，所谓"铁肩担道义，辣手著文章"。我在人大新闻系当学生时，有机会去采访人民大学的老校友、马克思主义理论家、时任中共中央党史研究室副主任的廖盖隆先生。走进他的书房，就见到了这副明代学者杨继盛的对联。廖老说，大家都知道李大钊写的是"铁肩担道义，妙手著文章"，其实，担道义就需要"辣手著文章"，像鲁迅先生那样。再有，就是一个有理想、有追求的记者，还应有一种文学情怀，这是所有写作者记录时代、悲悯人生、忠于生活、歌颂真善美的基本要求。

留恋的
张望

我们归拢一下，现当代一些著名作家，都曾做过记者，或说是记者出身，刘白羽（《长江三日》）、魏巍（《谁是最可爱的人》）、浩然（《艳阳天》）等，前些日读著名诗人臧克家先生的全集，他也做过随军记者，抗战时期发表过大量新闻报道。写出过《挥手之间》散文名篇的方纪，当时也是延安的一名记者。同样是从记者成为作家的中国作协副主席、著名作家高洪波认为，由新闻转入文学是无障碍通道，古今中外皆是。他还说过这样一段话，梁衡从记者转为作家一个重要的桥梁人物是冯牧先生。20世纪90年代，时任中国作协副主席的冯牧先生力推梁衡的文学作品，肯定他的散文理论，并亲自主持召开梁衡作品讨论会。当时梁衡刚从一线记者调任新闻出版署工作。这是一个文学老前辈对新闻界文学人的支持与鼓励。冯牧先生也曾是战地记者，他的代表作是《八千里路云和月》。最近读日本作家齐藤孝治的《聂耳——闪光的生涯》，一看作者介绍，齐藤先生以前也是做记者的。当然，外国作家中从记者到作家的，最成功的是写出了《老人与海》的美国作家海明威。

37年前，梁衡在记者的岗位上，在完成了报社交给他的新闻采访任务后，他遇见了晋祠，于是他的文学情怀勃发，那杆早已从新闻向文学倾斜的钢笔，写出了一行行优美的文字。我认为，1982年《晋祠》的诞生，标志着梁衡从记者迈入作家的行列，正是这篇纯文学作品，开启了他从高原到高峰的攀登。前些日，我的母校中国人民大学新闻学院请我回去给同学们做个讲座，他们给我定了个题目《从记者迈入作家行列》。正合我意，我专门讲了这样一段话："我特别推崇一位从记者成为作家——优秀作家——伟大作家的人，他就是梁衡先生。《觅渡，觅渡，渡何处？》《大无大有周恩来》《张闻天：一个尘封垢埋却愈见光辉的灵魂》等，都会在中国历史发展的进程中占据一定的位置。"

那次讲座是宏观的，我还为同学们——未来的新闻记者们，列出了一个方阵：可以说，在梁衡这面大旗下，和他同时代的一批记者迈入了作家行列，他们中有张胜友、彭程、韩小蕙、李青松、刘庆邦、沉石、夏立君、胡健、高红十、徐红等，蔚为大观！

我的感觉，大凡后来成就了自己的文学理想，成为读者公认的知名作家的，他们在当记者的时候，就埋下了文学的种子，他们自身的文学修养，有助于他们写出的新闻稿更生动、更传神、更容易抓住读者。

留恋的
张望

　　大家都熟悉的名记者、大作家穆青，就是在写出无数篇新闻稿的基础上，抓住机会，发挥才干，经过 10 次修改（周原语），牵头最终完成了长篇通讯《县委书记的榜样——焦裕禄》这篇经典作品，从而站上了高峰。

　　我在北京日报社主办的《新闻与写作》杂志当主编时，就去国家新闻出版署找梁署长约稿，得到他的大力支持。不久，报社把我调到文艺副刊部，我在主任的位子上 20 多年，

一直干到退休，其间最愉快的就是编发梁衡老师的大作。北京日报副刊部的编辑都知道，梁衡的作品就是质量的保证，肯定放版面的头题，而且基本上一个字不动，因为稿子是经主任精心编辑过的。审阅（从工作程序上不便说拜读）、编辑梁衡老师的作品，是一种享受，我从中汲取营养，获益多多。读者大多知道，梁总写过一篇《二死其身的彭德怀》，我编发过同样精彩的另一篇他写彭德怀的散文。那是他去山西左权寻访八路军总部，在崎岖的山路中蓦然回首，发现一座山峰形状酷似彭大将军手拿望远镜在指挥战斗，于是望景生情，一篇美文一挥而就。这篇稿子到了我手里，读后被一

留恋的
张望

种理想之火点燃，我想都没想就改了文章的标题:《我凝望一座山峰》。这是我读过此文的第一感觉，我要直抒胸臆。文章见报后引起热烈好评，我给梁总寄样报时，才觉得有所不妥，我擅自改题未经作者同意啊。好在梁总胸襟宽广，没有怪罪。后来我为一家出版社主编一本散文选，又选入此文。我借机问梁总:"您这篇文章的题目要换回原来的吗?"他说:"挺好的，不换了。"

梁衡的名篇《张闻天:一个尘封垢埋却愈见光辉的灵魂》，最初发表在 2011 年 5 月号的《北京文学》上，我读后感到非常震撼。我觉得这是一个真正的中国共产党人为另一个忠诚党的事业、理想却蒙冤一生的同志加战友的惊天呐喊! 这篇丰碑似的文字，代表了正义对邪恶的鞭笞，它就是历史终于等来的那声振聋发聩的钟声。文章开篇说:

从来的纪念都是史实的盘点与灵魂的再现。

中国共产党建党 90 周年了。这是一个欢庆的日子，也是一个缅怀先辈的日子。我们当然不会忘记毛泽东、邓小平这两位使国家独立富强的伟人;我们不该忘记那些在对敌斗争中英勇牺牲却未能见到胜利的战士和领袖;同时我们还不能忘记那些因为我们自己的错误，在党内斗争中受到伤害甚至失去生命的同志和领导人。一项大事业的成功，从来都是由经验和教训两个方面组成；一个政党的正确思想也从来是在克服错误的过程中产生的。恩格斯说，一个苹果切掉一半就不是苹果。一个90年的大党，如果没有犯错并纠错的故事，就不可能走到今天。当我们今天庆祝90年的辉煌时，怎能忘记那些为纠正党的错误付出代价，甚至献出生命的人。

其中的一个代表人物就是张闻天。

我当时想的是，这么精彩的一篇力作，仅仅发在文学刊物上有点遗憾，《北京文学》的读者群毕竟有限，我要把它转发在《北京日报》上。当时我们日报的发行数是50多万份，而且每天清晨都直送中南海。但我们副刊最大的权限是一块整版，就是一个版只发这一篇文章，最多是六七千字。梁衡的全文一万多字，需要删节。我自认算是个资深编辑了，还得过孙犁报纸副刊编辑奖，但这篇大作可谓字字珠玑，要删去一半文字，又不能伤筋动骨，对我是个很大的考验。我反复阅读原文，思绪跟着作者波动，读到泪水难抑的段落便用笔画出来，整整一个工作日，我编好了稿件，拼版

留恋的
张望

出了大样。打电话给梁总，告知删改的情况。梁衡老师问，有一段我写作时忍不住流泪了，这段保留了吗？我马上说："保留了。"梁老师问，你知道哪段？"知道，我念给您听。"这就是全文的最后一章《还汝洁白漫天雪》。

大手笔梁衡是这样写的：

2011年元旦，我为寻找张闻天的旧踪专门上了一次庐山……

第二天一觉醒来，好一场大雪，一夜无声，满山皆白。要下山了，我想再最后看一眼177号别墅。这时才发现，从我住的173号别墅顺坡而下，就是毛泽东1970年上山时住的175号别墅，再往下就是1959年彭德怀住的176号和张闻天住的177号。3个曾在这里吵架的巨人，原来是这样地相傍为邻啊。1970年毛泽东曾在175号住了23天，每日出入其间，抬头不见低头见，睹"屋"思人，难道就没有想起彭德怀和张闻天？现在是冬天，本就游人稀少，这时天还早，177号就更显得冷清。新楼的山墙上镶着重建时一位领导人题的两个字："秀庐"。我却想为这栋房子命名为"冷庐"或"静庐"。这里曾住过一个冷静、清醒的思想家。当1959

年庐山会议上的多数人还在头脑发热时，张闻天就在这座房子里写了一篇极冷静的文章，一篇专治极"左"病的要言妙道，这是一篇现代版的《七发》。我在院子里徘徊，楼前空地上几棵孤松独起，青枝如臂，正静静地迎着漫天而下的雪花。我在心底哦吟着这样的句子：

凭子吊子，惆怅我怀。寻子访子，旧居不再。飘飘洒洒，雪从天来。抚其辱痕，还汝洁白。水打山崖，风过林海。斯人远去，魂兮归来！

我转身下山，一头扑入飞雪的怀抱里，也迈进了 2011 年的门槛。这一年正是中国共产党建党 90 周年，张闻天诞辰 111 年。

2011 年 7 月 12 日，《北京日报》刊载这篇重磅文章。一石激起千层浪，报社内部好评如潮，读者更是反响强烈。让我欣慰的是，人民网、中国作家网等这么多年都保留着这篇文章，来源写着:《北京日报》。

梁衡先生还为《北京日报》的"理论周刊""北京杂文"版及《新闻与写作》杂志写了大量精彩文章，这里不一一赘述。

留恋的
张望

梁衡吾师，从记者到作家，是历史选择了他；从高原到高峰，是他对人民、对人生的坚定回答。

（此文系作者在常州觅渡书院挂牌暨梁衡学术研讨会上的发言）

凸凹

人生旅程中，你若有一位作家朋友，且喜欢读他的作品，真是一件惬意的事儿；随着斗转星移，时序更迭，你发现他始终走在文学的路上且越写越好，而经多年的岁月磨砺，已然名副其实成为著名作家的他，仍真诚地视你为友为师，那无疑是一件开心的事了。

于我，凸凹即是。

把乡愁写进读者心里

　　人生旅程中，你若有一位作家朋友，且喜欢读他的作品，真是一件惬意的事儿；随着斗转星移，时序更迭，你发现他始终走在文学的路上且越写越好，而经多年的岁月磨砺，已然名副其实成为著名作家的他，仍真诚地视你为友为师，那无疑是一件开心的事了。

　　于我，凸凹即是。

上篇　长义凸凹

知道凸凹的人，不一定知道长义；知道长义的人，不一定知道凸凹。其实，简单说，著名作家凸凹真名史长义，史长义就是凸凹。

真够绕嘴的。但还真得从这俩名字说起。

还是 20 世纪 90 年代初吧，我从记者转岗为编辑，编发他的文稿署名都是史长义，因为他那时在房山政协做文史方面的工作，写的多是此类文章。想来，那时的长义就对文学怀着敬畏之心，虽写的内容囿于"县志"，但字里行间那种真实的生活细节、那种清新鲜活的乡野气息、那种率真恣肆的口吻，深深吸引了我。后来他何时开始用"凸凹"的笔名发表文章我并未在意，只是觉得他越写越好，而且越写越多，凸凹的名字散见于各个报刊，有点"天女散花"的感觉。文坛上有两个"凹"了，一个是贾平凹，另一个是凸凹。他至今也没跟我说清楚，这笔名凸凹有着怎样深奥的蕴意。回忆起 20 多年前的时光，他曾在一篇自述中写道：20年前的一个晚上，在吱吱响的日光灯下枯坐，脑子里突然冒出了"媒婆"这个字眼儿，自己便感到很诧异，因为此时的

留恋的
张望

我，已经有了很优雅的生活，所处的语境是与如此俚俗的字眼不相干的，便想把它们驱赶出去。但是，愈是驱赶，愈是呈现，弄得你心情烦躁。便只好抻过几张白纸，在纸面上把这两个字写下来。奇怪地，一旦落笔，相关的字词就接踵而来，直至写得筋疲力尽。掷笔回眸，竟是一篇很完整的关于媒婆的文章，且有不可遮掩的"意义"透出纸背。便不敢再儿戏了，定了一个《中国媒婆》的名字，恭恭敬敬地抄在稿纸上，寄给一家叫《散文》的杂志。一月有余，竟被登在重要的位置上。不久，竟又被著名的选家、全国的选本（选刊）接连地选载与收录。21世纪的开元之年，居然被一本叫《二十世纪中国散文经典》的书树为"经典"了。

那一年，用凸凹的笔名发表了散文"经典"的他，年仅25岁。凸凹说：文字真的是一种性灵，而不是工具，它默默地独处着，等待着"意义"。文字的等待与作者的等待是相向而行的寻找，一经"路遇"，就结伴而行了，共同地完成了"意义"的过程。路遇，因为不是预先的邀约，便具有宿命色彩，能写出什么样的文章，作者本人也是难以预料的。

一经"路遇"，他不改初衷，筚路蓝缕，玉汝于成，文字与心灵结伴而行。20多年后的今天，他交出了缀满一串串文学果实的答卷：迄今为止已发表和出版散文集 18 部，长篇小说 8 部，报告文学集、中短篇小说集、文学评论集 6 部，作品逾 700 万字，获省级以上文学奖 30 余项，近 60 篇作品被收入各种文学年鉴、选本和大中学教材。长篇小说《大猫》获第二届老舍文学奖长篇小说提名奖，散文《感觉汪曾祺》获第二届汪曾祺文学奖金奖，《天赐厚福》获第二届"四小名旦"全国青年文学奖特别奖，《呃，有一个女孩》获第三届全国青年文学奖，《布鞋》获《中国作家》散文奖，短篇小说《飞蝗》获国务院救灾委员会灾异题材征文一等奖，文学评论《二十世纪中国散文的文化精神》获北京市文艺评论优秀奖。继长篇小说《大猫》《玉碎》大获好评后，他的新乡土小说三部曲压轴之作《玄武》，被赞誉为新世纪乡土文学的"史诗性作品"，在北京市庆祝新中国成立 60 周年文艺作品评选中荣获优秀奖，被评论界誉为继浩然、刘绍棠、刘恒之后，北京农村题材文学创作的代表性作家。文学创新上，他与彭程、祝勇一起，开创了"新书话"散文体，散文集《以经典的名义》荣获第四届冰心散文奖、散文《山石殇》获第六届老舍散文奖。

以上"溢美"之词，皆因北大中文系有一位专门研究他

留恋的
张望

文学创作之路的博士生，博士在论文中才把他的奖项归拢成堆儿。其实博士的论文里还落了不少奖项，比如《爱在爱中》。这是为庆祝建党 90 周年，北京日报举办的一次征文活动中的一篇作品。凸凹的这篇文章写他大山里再普通不过的农民父亲，含辛茹苦把儿子培养成了国家干部，身患癌症后儿子想用公车送他去医院，老父亲愤怒了，说，你敢！住进医院后，时不时有人来病房探望，他对儿子说，你能不能不叫他们来，我只是你一个人的父亲，于旁人无恩。最后一段是这样写的："送他火葬的那天，我没有哭，因为内心盈满。"读完稿子，我已泪流满面。评委会上，9 名评委一致把征文头奖的殊荣，投给了凸凹。前不久，我受邀主编"社会主义核心价值观文学读本"丛书中的散文卷，《爱在爱中》当然入选。编委会上，我提出用"爱在爱中"做散文卷的书名，编委们又一致通过。

走过 20 多年的艰辛创作之路，他从青春步入中年。从大山里走出的凸凹，有着山一样的沉稳。他认为，写作活动少功名、功利的成分，多是为了表达内心所思所得，娓娓地道出对身外世界的看法。外界的评价并不重要，快意于文字本身。这一点，他崇尚孙犁、汪曾祺等前辈作家。他说："因了这个原因，我的写作主观色彩很强，不太愿意做纯客观的叙事，也耻于渲染式的抒情，与流行文字远些。所以，写了这么多年，门前依旧冷清。我常劝慰自己，香火繁盛的庙宇，多是小徒在弄机巧；寂寥深山中，才有彻悟人拈花而笑的静虚守护。这种守护，才真正属于精神。甘于寂寞，不做欺世文章、不说欺人之语，是真正的'门徒'应该具有的最起码的品格。"他追求文字的"复合"品质，将学识、思想和体验不露声色、自然而然地融会在一起。他说，只有学识，流于卖弄；只有思想，失于枯槁；只有体验，败于单薄。三者有机地结合在一起，就丰厚了——前人的经验，主观的思辨，生命的阅历——知性、感性和理性均在，这样的境地才是妙的。其实，天地间的大美，就在于此"三性"的融合与消长，使不同的生命个体都能感受到所能感受到的部分。文章若此，适应了自然的律动，生机就盎然了，对人心的作用——换言之，与心灵遭遇的机会就多了。

正是因为这种意识、这种自觉、这种"心灵遭遇"，凸凹最重要的散文集《故乡永在》终于在 2012 年修成正果，这是他主观能动地书写"大地道德"的代表作，出版后引起社会上的热烈反响。评论界普遍认为，这部厚重的散文集在乡

留恋的
张望

土散文写作上，立足"大地道德"这一人类主题，努力与世界接轨，并接续鲁迅先生的传统，勠力呈现大地道德的中国经验，把中国的民族风物、民间经验做了淋漓尽致的书写，阐述出宏富深刻的乡村伦理和土地哲学，在纸上"建立了一座乡愁博物馆"，因此使他与苇岸一道，成为中国大地散文写作的代表人物。

"那时的故乡，虽然贫瘠，但遍地是野草、荆棘和山树，侍炊和取暖，内心是从容的，因为老天给预备着无量数的柴薪，无须急……'猫冬'，是山里的说法，意即像猫一样窝在炕上……春种，夏锄，秋收，三季忙得都坐不稳屁股，到了冬季就彻底歇了。因为这符合四时节律、大地道德，就享受得理直气壮。所以猫冬，是一种生命哲学。"——这是开篇《亲情盈满》。

因我过于喜爱这部散文集了，一些篇章过目不忘。比如，《生命同谋》写父亲终于打到狡猾狐狸但又放掉了狐狸，对此，匍匐在土地上时作者不懂，但现在懂了："因为他完全有能力战胜对手，但是在人与狐狸那个不对等的关系中，他尊重了狐狸的求生意志。在放生的同时，父亲也成就了他猎人的尊严。人性之所以伟大，就在于人类能够超越功利与得失，懂得悲悯、敬重与宽容。也就是说，人性温柔。这一点，再狡猾的狐狸也是想不到的，它注定是败了。但是，在尊重父亲的同时，也要给这只向死而生的狐狸送上真诚的敬意，因为它是生命尊严的同谋。"

再看《人行羊迹》。凸凹的祖父是1938年前入党的老党员，为革命做过贡献，属于可享受待遇的老革命。可他却放弃武装部长的公职，回村里当了一个羊倌。理由是，他尽跟羊打交道了，跟羊有说有笑，跟人谈不来。"跟人谈不来"这话是怎样的富有意味？他还说，"你们不要认为放羊就委屈了人，与其说是人放羊，不如说羊放人，是羊让人懂得了许多天地间的道理"。祖父是没读过书的。站在他的灵前，

留恋的
张望

"我想，有知识的，不一定有文化，有文化的，不一定有智慧，有智慧的，不一定有喜乐。祖父的智慧与喜乐，得益于他终生与羊为伴，在大自然里行走。大自然虽然是一部天书，堂奥深广宏富，但它不刁难人，字里行间说的都是深入浅出的道理。只要人用心了，终有所得。如果说祖父像个哲人，那么，他的哲学主题就是4个字：人行羊迹。所以，在动物里，我最敬重的，是羊。"

我读《故乡永在》里的不同篇章，时常生发出阅读美国作家梭罗《瓦尔登湖》曾经的审美愉悦。我认为，《故乡永在》是中国最具有全新品质的大地美文，是作家凸凹攀登上的一座山峰。

我忍不住"质问"凸凹："你的故乡，怎么写进我的心里来了？"

下篇　凸凹长义

这些年，作家凸凹的知名度越来越高，且他的创作在海内外具有广泛的影响。他不仅在国内各大报刊上经常发表作品，还在美国的《世界日报》，中国台湾的《联合报》、香港的《大公报》和上海的《新民晚报》、天津的《今晚报》、广州的《羊城晚报》、北京的《中华读书报》《中国艺术报》等开有专栏，作品被翻译成英、法、德、日和罗马尼亚等多国文字。

然而一回到房山，凸凹便还原回区文联主席，称呼也变回了长义、史长义。好像作家凸凹是一件外套，回家了便自然更衣。无论他的领导还是下属，一口一个长义长义地叫着，那叫亲切，生怕被外人抢了去。细想，能理解。当年柳青写《创业史》、王汶石写《风雪之夜》，甚至赵树理、浩然，他们深入农村、扎根基层，都属"挂职"，比如浩然老师挂职的是河北三河段甲岭镇的镇长。而凸凹不同，他不是挂职，他生于斯长于斯，从当农业技术员开始，到成为一个乡的副乡长，再到区文联主席的官职，他都是实职。就是说，他在笔耕不辍不断奉献出好作品的同时，肩上还担负着实际工作的另一副重担。

放下凸凹，且说长义。

他的故乡在距县城尚有百余公里的大山里——佛子庄乡石板房村，即他书中常提到的"石板宅"。童年、少年与青

留恋的
张望

春岁月，这段时光是每个人的身心成长时期，同时也是情感胚胎渐次催熟的心灵季节。贫穷甚至吃不饱饭的故乡的乳汁奶大了他的文学心灵：大地的道德，故土的哲理。《故乡永在》出版后引起的余波是，很多人向往"石板宅"这样的故乡，想看看他睡过的土炕。去年春天，一位作家朋友在京城办完事，便与凸凹联系欲见一面，电话中凸凹问道："老兄想看什么？"朋友说："你的故乡石板宅。"他多少感到意外，"那里并不好看"。

但他还是抽身陪朋友前往。

那位作家写道，石板宅小村诚如凸凹所言并不好看，二三十户人家像装黏豆包一样挤在稍显开阔的半山坡上，黄土墙、黑石片"瓦"，河卵石垒成的围墙或木夹障的小院。他带领着我们去看简陋的吃水井、因石而成的土地庙，以及他的亲情印记：奶奶的手把磨，叔叔弃搁在窗台的旧胶鞋，二弟家的废弃灶房，而且土墙上还鲜艳着彩绘的喜字。

凸凹的描写是：晚上，母亲问我："你到哪儿睡呢？娘就这一条土炕。"我说："除了娘的土炕，我哪儿都不去。"躺在土炕上，感到这土炕就是久违了的母亲的胸怀。母亲就是在这土炕上生的我，揭开席子，肯定还能闻到老炕土上胎衣的味道。而今，母亲的儿子大了，自己也老了，却依然睡着这条土炕。土炕是故乡永恒的岁月、不变的情结吗？这一夜，母亲睡不着，她的儿子也睡不着。母亲很想对儿子说些什么，儿子也想对母亲说些什么，却都不知道从何说起，只能清晰地听到对方的呼吸。其实，岁月已使母子很隔膜了，却仍爱着，像呼吸，虽然有时感觉不到，却须臾不曾停止。

怎么又是凸凹了？还是回到长义上来吧。

他回忆说，读初中时，要到8里之外的九道河中学就学，每天都要早起晚归，步行16里山路。那时没有住宿条件，中午要带饭。干粮多为红薯、南瓜、野菜和玉米粥。玉米粥稀可鉴人，只得用塑料网兜儿兜着，小心地在路上走。午饭后就在大桥底下午睡，下午接着上课。因为如此，对学习和阅读有"仇恨般的感情"，益发刻苦。初中毕业后，以全县第二名的成绩考取了房山重点高中——良乡中学，从此，开始了寄宿生活。

长义对自己考上的大学并不理想这事从不隐讳，他说：我没上过正经大学，只是考上了一所农业大学的分校，学的是蔬菜专业。这个专业我不喜欢，但为了解决户口问题，还是要上。因为不喜欢，就把主要精力放在看文学的书上，当

留恋的
张望

然一切都是偷偷地进行。但还是被发现了。记得我在课桌下看《红与黑》，被老师发现了，他不仅没收了书，还告到教务处，说我不仅不好好学习，还情调低下。校方让我写检查，我几乎用了一个通宵，写了一篇一万余字的检查，还冠了题目，叫《我的自白：既当农学家，也当文学家》。不过，我比较正式的文学探索确实是在这所农业学校就读期间开始的。农业蔬菜学让我记住一个理儿：你糊弄庄稼，庄稼就糊弄你。毕业分配时，我没有任何想法，但是我想，我工作的地方一定要有两个条件，一是有书店，二是有邮局，有书店我可以买书，有邮局我可以投稿。幸运地，我被分配到了良乡——房山最大的城镇，书店居然有2家，邮局竟然有4所，喜极而泣。

长义在发奋读书写作的旺季，迎来了他人生第一个挺重的官职——一乡之长。他把这一转折看作回报乡亲们的机遇，于是务实苦干，争取多方支持，为乡里修通了一条公路，建起了学校的新校舍。担任区文联主席后，他更感到肩膀上压了重担。他有着一腔赤子情怀，一定要让家乡的文化打个"翻身仗"。他创造性地提出，文联工作既要"顶天立地"（精品创作），又要"铺天盖地"（群众文艺）。在这个理念指导下，他走遍各个乡镇，一个一个地组建起乡镇文联，建构区、乡镇、社区三级文联组织立体覆盖的新格局。新华社《新华每日电讯》在推出的报道中，称此为"文化大潮中的房山现象"。他还连续多年牵头举办房山图书节；发动文艺家走进企业、农村和社区，组织名人名家书法作品进校园、相声小品下基层、村民合唱大联欢，丰富群众文化生活；他助推阎村镇争得北京市首个"书法艺术镇"的名号；连续多年策划指导佛子庄"二月二酬龙节"，把房山民俗文化品牌推向京城乃至全国；他广请专家成功实施了"房山文化学"研究工程，为房山众多乡镇编写了20多部地域文化丛书，编纂系列专集6部，总字数达2000万字；他拿出大量时间传帮带，鼓励房山的本土作者多出作品，并多方筹措资金，连续出版"燕都文丛"总计32部，推出"房山作家群"，集中展示房山文学创作的最新成果，并主持推出皇皇1000万字的《房山文学艺术精品大观》，让房山文艺抢占北京文艺的新高地。2011年，他被市委宣传部、市文联等单位授予北京市德艺双馨中青年文艺工作者称号。2013年6月，他作为北京市唯一人选被国家人社部、中国文联授予"全国文联系统先进个人"荣誉称号，这是中国文联成立以来第一

留恋的
张望

次覆盖全系统的国家级表彰。

好个长义，好个史主席！

我写凸凹长义，还有一层深意，那就是他的为人：重情、重义，工作、生活磊落得让人敬重。

房山的一位老作家，他加入北京作协比我和凸凹都早，是我们的前辈。晚年退休后坚持写作，却很难发表。我很理解这种郁闷，当看到他写家乡拒马河的一文后，我觉得有基础，就打电话找凸凹商量，让他帮助润色修改，争取见报。不知凸凹是怎么和老作家磨合的，后来寄给我的稿子，仍是老作家的口吻，文笔、风格也没有大的改变，但文章却好看了很多，于是顺利发出见报了。后来老作家患病离世后，他的家人告诉我，那张报纸陪父亲度过了最后的时光，他走得很欣慰。

类似的助人、助文，在凸凹是常事。

有人说"文人相轻"，凸凹身上全然没有半点影子，他对前辈、同辈甚至晚辈写作者都充满敬意。他对朋友的真诚相待，鼎力相助却并不期回报，赢得了朋友圈几乎一致的口碑。作家徐迅和他都是处在上升期的散文创作的高手，可谓熠熠生辉两颗星，作品经常轮流占据着报纸版面的头条，看

好友欢聚六渡王老铺小山村，左起：吴吉平、凸凹、李培禹、师永祥

似难免有点"较劲儿"。而我知道，他们是相携共进的"铁磁"好友。凸凹在为徐迅新书出版写的序言里充满激情地说："读后，有大震惊！他写作的姿态的确很低，无非是写跟他生活有关的一些凡常物事。但是，平静之下，却涌动着万顷波澜，内敛之间，却摇曳着万道华彩——质直的文字之中，无感慨处却处处是感慨，无意义处却处处呈现出意义，幽微与丰富，一如生活本身。"

生活本身美好而大有意义。眼下，无论是长义凸凹，还是凸凹长义，都处在事业的上升期和文学创作的旺年。按照他所学的农业技术专业的说法，当前正是他的"盛果期"。相信拥有故乡、拥有情怀、拥有朋友的凸凹，一定能够在自

留恋的
张望

已认定的文学大道上阔步向前，义无反顾。

而文学，已经、而且还将进一步使他幸福盈满。

（原载 2016 年 2 月 16 日《北京日报》，有改动）

李迪

近些年，有几个槐花盛开的季节，我是和李迪在永和黄河湾度过的。山西永和，掩藏在晋陕大峡谷深处的一片热土。天下黄河九十九道湾，最美的是咱永和的乾坤湾。

2020年6月29日，"一团火"燃尽了，迪老永远地睡着了……

又是一年相思雨，又是五月槐花开。

又是遍野槐花香

　　近些年，有几个槐花盛开的季节，我是和李迪在永和黄河湾度过的。山西永和，掩藏在晋陕大峡谷深处的一片热土。天下黄河九十九道湾，最美的是咱永和的乾坤湾。

　　2020年6月29日，"一团火"燃尽了，迪老永远地睡着了……

又是一年相思雨，又是五月槐花开。

几年前第一次到访，恰是 5 月。霏霏细雨中，顾不上放下行李，我们便沿山路蜿蜒而上，当站在半山腰的观光平台上俯瞰乾坤湾第一眼时，一下被她的神奇、美丽、壮观震撼了。黄河自巴颜喀拉山出发，一路逐浪而来，奔腾不息，偏偏到永和境内缓了下来，静水深流长达 68 公里。最美的乾坤湾等 7 道"名湾"，尽在永和。4 月一过，黄土高原吹过来的硬风便软了下来，不经意间便形成了缕缕春风；不急不缓、不大不小的春雨，也适时洒落。而这一切，都是在春的氤氲中迎接着 5 月的到来。5 月，湾里水涨，遍野槐香，白色、紫色的槐花儿，相间相连，开得热烈，一眼望不到边。

李迪一下爱上了这里，我们返京后，他只身一人留了下来。这是山西省最小的一个县，全县只有 6 万多人口。不大的县城，一个陌生人，一口京腔的红衣老头，见天个出现在街头村口。慢慢地，人们称他李老师，县里的干部则尊称他"迪老"。

这"迪老"真不把自己当外人。他和街上的修车师傅成了朋友，小马扎上一坐，一聊就是一天。第二天，他又来了，聊。两人都当过兵，李迪觉得"成了"（采访素材足够

留恋的
张望

了），他便起身告辞。70岁的"迪老"，向这个名叫李永宁的修车师傅立正举手，啪！行了一个标准的军礼。修车老兵也赶紧起身，立正举手，还了一个标准的军礼。这庄严一幕的后面，是一个老兵靠一手修车的绝活实现脱贫的动人故事——"老李修车"，已收录在作家出版社出版的《永和人家的故事》一书中。

另一个故事"我是你的腿"的主人公刘书祥，是个瘸子，没有健全的双腿。李迪听他讲摔残腿后从收破烂儿做起，而且自己竟能开着三轮摩托车到处去收购废铜烂铁，一定要见到这辆"三蹦子"。果然，那是一辆根本没有牌子的旧三轮摩托车。李迪问，你没腿，每天怎么打着火啊？老刘说，我家门前有个坡儿，每天把车推到坡儿上，借着下坡儿的"溜"劲儿，挂挡、给油，"轰"的一声就打着火了。李迪动手，帮着把那辆"三蹦子"推到坡儿上，说，老刘，你来！老刘熟练地坐上去，一松手刹，"车"顺坡而下，"轰"的一声打着火了！李迪哈哈大笑，脱口而出："成了！"瘸腿老刘问："什么成了？"李迪握着那双满是老茧的大手，激动地说："老刘，你成了！你真了不起！"

记得也是5月槐花开的时节，一大早儿，我就接到他从永和打来的电话："培禹兄，打扰了。你听啊，我给你学两句……"听筒那边传来他学着永和人的叫卖声："热馍馍，花卷儿，糖角角！热馍馍，花卷儿，糖角角……"我笑了，问："迪老是不是又抓到好故事了？是不是又'成了'？"他兴奋地说，糖角角就是糖三角。卖热馍馍花卷儿糖三角的老汉，跟咱俩一个姓，也姓李，叫李发果，他卖这 3 样面食卖了 17 年！自己做，自己卖，风里雨里天天喊，天天卖。17 年前做的馍多大，现在还是多大。"培禹兄啊……"李迪声音有点哽咽，"李老汉靠卖馍供 3 个女儿都上了大学啊……"

他这最后一句，差点让我眼泪掉下来。

快递姐冯琴、卖粉条的大个儿、点豆腐的刘三、养驴的海云、唱道情的刘老汉……李迪五下永和，在这里"深扎"68 天，一个个永和普通人在脱贫路上的故事，在他的笔下生动鲜活地呈现出来。

最难忘和李迪在永和度过的最后一个 5 月，那是一个遍野槐花香的烂漫春天。

走出高铁霍州站，来接我的竟是迪老。他身边跟着两员干将——永和县文联主席马毅杰和红军东征永和纪念馆馆长张步军。两人笑眯眯地迎接我。我知道，迪老的根已深深地

留恋的
张望

扎在这里了。

这天，红衣老头走进一户因病致贫的农家。掀开窑洞的门帘儿，见土炕上还有一个残障儿子，十七八岁了，躺在炕上瞪着大眼却什么也不会干，迪老的眼泪一下就涌出来了。他留下身上带的现金，又给夫人打电话："小魏啊，把家里用不上的衣物，再去买几床新的被子、褥子，打个包快递过来，地址你记住了：山西省永和县阁底乡……"

阁底乡是红军东征纪念馆所在地，纪念馆年轻的讲解员冯莉听说北京的大作家来了，大着胆子说：您能不能帮我修改一下稿子？我要去省里参加讲演比赛呐。迪老说声好，便掏出钢笔认真看起稿子来。他字斟句酌，边改边和小姑娘交流，告诉她某某处为什么要这么改。比如原题是《毛主席来过咱永和》，迪老把"过"改成"到"。那天天气格外炎热，当一篇《毛主席来到咱永和》的讲演稿改好后，迪老的红衬衣已被汗水浸透了。那次，我是头一回见到，他为一篇别人写的稿子做了修改后，还郑重地署名："李迪 2019.7.16 永和"。

我和他一起到打石腰乡冯家山村采访时，遇见了"当代愚公"冯治水。年过七旬的老汉生下来就叫"治水"，好像爹妈就是派他来治水的。李迪对我说：写这个老英雄，非你莫属。大禹治水、冯治水，你们两人都跟治水有关。哈哈，培禹兄来一篇，你就写写老冯治水吧。

老冯开始治水，还是40年前。冯治水是那种能看报纸、爱听喇叭广播，也崇拜赵树理的农民，他拿出当时全家的家底儿几十块钱，买下了深山里的一条叫"红岩"的荒沟。自此，开始了一个人的"小流域治理"。他修路，一修5年，红岩沟底到平缓地的5里石子路通了；他种树，一种就是40年，整个红岩沟长起枣树、花椒、柿子树等经济林3000多株，还有柏树苗3000株、用材林10000余株。人呢？用他老伴的嗔语：一个英俊壮实的汉子，变成了消瘦得像根"打枣棍儿"的活愚公！愚公移山，老冯治水，硬是把一个昔日水土流失严重的荒坡荒沟，变成了绿水青山、花果飘香的美丽山村。更为传奇的是，冯治水还是闻名全县的农民诗人，他的诗稿写满了20多本自制的纸册子。接地气的永和县委、县政府给予冯老汉的奖励也独具特色——200个雷管、200米捻子、20个钢钎，外加由县里为他出的一本《冯治水诗集》。

受迪老重托，我写完《大禹治水》的稿子后，请他指教。

留恋的
张望

李迪与"当代愚公"
冯治水

他认真看着，少顷，大声道："成了！"我松了口气。迪老没容我说话，就拨通了一家大报编辑朋友的电话："培禹兄写了篇散文，很好，或者说很棒！我马上发给你啊。"……

2020年的5月来了，山西永和黄河湾的槐花依旧盛开。我先是接到县委宣传部的电话，问迪老哪天到永和。不日，县长、县委书记的电话也来了，问迪老哪天来永和。永和的父老乡亲啊，你们怎会想到，此时，远在北京的301医院的病床上，迪老正在被病魔折磨着，而他也像战士一样做着最后的冲刺！他从湘西十八洞村采访归来便病倒了。此时，近30万字的《永和人家的故事》作为作家出版社脱贫攻坚的重点图书，即将付梓。身体已十分虚弱的迪老，通过微信嘱咐责任编辑宋辰辰，封面一定要用农家妇女刘林翠的剪纸，她是永和剪纸非遗项目的传承人。辰辰含泪连声答应："迪老放心，一定用这幅剪纸做封面，一定署上作者的名字刘林翠！"迪老一连回了 6 个抱拳拜托的表情图。他轻声哼道："春天槐花儿开，秋天枣儿红，美好的日子刚刚开始……我累了，睡一会儿，准备完成十八洞村的书稿……"

作家出版社以最快的速度完成了《十八洞村的十八个故事》一书的出版流程，加速下到印刷厂。医院传来消息：李迪已处弥留之际。悲伤中，宋辰辰和同事、美编连夜加班，

李迪在十八洞村采访

留恋的
张望

赶制出两本《十八洞村的十八个故事》的样书，连同刚刚取出的《永和人家的故事》的新书，用"闪送"发往301医院。主治医生姚大夫匆匆来到迪老的病床前，他举着两本样书呼唤着："迪老，迪老！你的书出版了，你的'十八洞村'获奖了！"……

6月29日9点38分，"一团火"燃尽了，迪老永远地睡着了……

又是一年相思雨，又是5月槐花开。

2021年5月23日，李迪塑像安放暨李迪事迹陈列室落成揭牌仪式在山西省永和县举行。这天，恰是毛泽东同志《在延安文艺座谈会上的讲话》发表79周年的日子。

黄河涌波浪，遍野槐花香。

（原载2021年8月20日《光明日报》）

又是遍野槐花香

附：

我和迪兄的"约定"

　　6月17日一早，我和《解放军报》原社长、总编辑孙晓青将军，背负着众多作家好友的重托，去301医院与李迪的主治医师见面。姚医生说，心脏瓣膜手术成功后，一切平稳，扛过感染这一关，再过三四天就可转入普通病房了。不想，还是发生了严重的药物过敏，病情急转直下，危及生命。院领导亲自组织各方面的专家为李迪会诊，能用的措施都用上了，仍没有效果。我问姚医生："你没有放弃吧？"姚医生回答："我不放弃！"那时，我们离迪兄的重症监护室只有几十米，却无法进入，甚至连隔窗望一眼也不被允许。我们面向迪兄的病室，双手合十，默默呼唤着：迪兄，渡过难关；迪兄，你回来啊！

　　熟识李迪的人都知道，他是一个从不让朋友失望的人。这天晚上，医院真的传来好消息，说他的过敏红肿有所消退，意识也有一点了。我们微信相告，欢欣鼓舞，祈祷他能一天天好起来！谁知，6月29日9时38分，我的迪兄、迪老，我们的迪兄、迪老，那颗善良美好、激情四溢、睿智宽宏的心脏，还是停止了跳动。他，在亲友们的千呼万唤中，决然离去，撒手人寰。

微信群里哭成一片，十几位他的作家好友，和着泪一个字一个字地完成了讣告，其中写道："李迪始终奔赴一线深入生活采访，积劳成疾，最后一次采访是在新冠疫情之前，他像战士一样倒在了他毕生书写真情文章的案前。在生命弥留之际，他倾情采写的反映农村脱贫攻坚的报告文学《永和人家的故事》和《十八洞村的十八个故事》两本新著付梓出版，成为他给深爱着的读者最后的奉献。李迪一生洒脱，性情率真。作为一位作家，他深入生活，扎根人民，孜孜以求，倾心创作。我们作为他的好友，征得家属同意，自发出面料理他的后事……"

很多朋友不会想到，李迪最后一部书稿《十八洞村的十八个故事》的最后一篇文章，是在进入病房之后完成的；在手术之前，签发了图书出版前的最后改样。就在这天晚上，我和他通了最后一个电话。是他打过来的，还是那熟悉的声音："培禹兄，培禹兄……"我大声应答，问候他、安慰

又是遍野槐花香

他，转达好友们的惦念。他说："我明天就手术了……现在，我不能叙说……"我说："你要听医生的话，今晚休息好，你不能说就不说吧，你想说的我都知道。等你康复痊愈了，我一定和你重返湘西十八洞村，去看看你笔下的乡亲们……"

说来有缘，我和迪兄的"约定"从不是"虚言"。他写《丹东看守所的故事》的时候，我和他一起去了丹东，不同的是，他是"七下丹东"深入采访，一次竟还在关押犯人的牢狱里过春节；我是走马观花，那时我还在《北京日报》副刊编辑的岗位上，对描写监狱题材的报告文学既感兴趣又有些拿不准。李迪是我们《北京日报》副刊部的"铁杆儿"作者。他从丹东回京不久，就把一篇精彩的报告文学发来了，

留恋的
张望

作者随李迪在新疆采访，
天不亮已走下支线航班，
到达博尔塔拉州的博乐市

角度独特，是写丹东看守所的所长和管教民警为死刑犯人送行的。文中狱警与在押犯之间的真实故事，体现了政策尺度掌握的一种境界和悲悯情怀，深深地打动了我和责任编辑。我把原题"砸脚镣的锤声传递着死亡消息"改为"非常送行"，觉得没什么纰漏后送主管副总编辑审。这一下午我什么也干不下去了，为这篇稿子揪着心，因为我们从未发过这么敏感的题材，况且我们的版面做得很震撼。终于，领导退样子了，我问编辑：怎样？答：一个字没动，发。我长出了口气，马上给李迪发了一条短信："非常送行，非常精彩。版面非常好看，我非常感动！"

李迪为《北京日报》赢得荣誉的报告文学作品《004 号水井房》，也是这样产生的。2012 年的金秋，我们组织作家、作者深入生活，来到中石油新疆塔里木油田采风，当地的库尔勒香梨和大漠风光并没有引起他的多大兴趣，而在穿越塔克拉玛干沙漠公路时，路边一座不起眼的水井房让他停住了脚步。农民工邓师傅和妻子在这里默默守护"流动公路"十余年的平凡，打动了他。他留了下来，哪儿也不去了。小小的 004 号水井房里，他和邓师傅聊得火热。除了邓师傅的妻子，还有一位"主人"——一条名叫"小沙漠"的京巴小狗，亲昵地围着他，舔来舔去，把他的 10 个手指都舔遍了。李迪对小沙漠说："你多久没见荤腥了，下次来我给你带火腿肠。"邓师傅哪里想得到，这位北京老作家说的"下次"是真的。

不久，李迪从北京扛着一箱双汇火腿肠，来啦！真正让我吃惊的在后边：一天，我在办公室接到他的电话："培禹兄，我在 004 号水井房。"什么，是我们去过的塔克拉玛干沙漠中的水井房吗？"是，就是邓师傅常年坚守的水井房。"迪兄为了完成好这篇稿件，又是三下南疆！他高兴地说，可以交稿了。我急忙打开电子邮箱，《004 号水井房》的第一句

留恋的
张望

就把我"震"住了："天还不亮，小沙漠就叫醒了大沙漠，也叫醒了邓师傅。"在迪兄的笔下，再平凡不过的守护水井房的邓师傅和他的媳妇谷花，还有那条叫小沙漠的小狗，演绎出了一个个动人的故事。负责版面设计的美编是个小美女，她说，这稿谁写的啊，真催泪！被深深打动的还有当年的"中国新闻奖"的评委们，李迪的《004号水井房》先是在全国报纸副刊作品评选中夺得了金奖，继而又荣获了那一届的中国新闻奖。一年后，水井房的故事还被拍成了一部很美的电影，片名叫《水滴之梦》。

山西永和，是我拉他去的。这个掩藏在晋陕大峡谷里的小县，是山西省划定的重度贫困县，全县人口只有6万多。然而这里却拥有最美的黄河湾、槐花海，是干群协力脱贫攻坚的一片热土。原本就对山村、小人物有着深厚感情的迪兄，一下就爱上了永和。他揣块"槐花饼"走在崎岖的山路上，乐此不疲。采访中，看到老乡身有残疾，他问来问去，想帮忙治疗；了解到一户加工的野菜卖不出去，他马上打电话给北京开小超市的朋友推销；走进生活困难拉下"亏空"的贫困户，他毫不犹豫地解囊相助……就这样，他在山峁沟壑间"深扎"一个多月，挖掘出《我是你的腿》《蹚过没有

2021 年 5 月，作家出版社、山西永和县委宣传部组织首都部分作家沿着李迪的足迹，重新采写永和新篇章

桥的河》《哪里有花，哪里安家》《梅芳过上了好日子》《朋友来了有野菜》《鸡蛋上的笑脸》《跟山水》等 30 多个动人的故事。当 26 万多字的《永和人家的故事》由作家出版社出版，即将在全国发行时，黄河岸边的永和县正值 5 月槐花盛开，伴随着漫山遍野的花香，传来了全县彻底实现脱贫的喜讯。此时，病床上的迪兄，是多么欣慰啊！

谁想，我和他重返湘西十八洞村的"约定"，他爽约了。

第一个没有了迪兄的夜晚，我黯然神伤，流泪到天明。

留恋的
张望

晨曦中我安慰自己：真要感谢作家出版社的编辑宋辰辰，她忍着悲伤连夜加班，和同事一起赶制装订出了两本《十八洞村的十八个故事》的样书。一本，在迪兄弥留之际送到了他的床头；一本，辰辰留给了我。

迪兄，这算是我们永久的"约定"吧！

2020 年 6 月 29 日夜到黎明，泪水中匆就

（原载 2020 年 7 月 3 日《北京日报》）

金波

我对"友人书"的执念：一是作者作为朋友、文友、好友、挚友相赠的著作；二是我由衷喜爱、冒昧地向好朋友讨要来的。"友人书"，格外珍贵。一本本赠书，有着一段段过往，长存着一个个故事。

我和金波老师的「书缘」

我对"友人书"的执念：一是作者作为朋友、文友、好友、挚友相赠的著作；二是我由衷喜爱、冒昧地向好朋友讨要来的。"友人书"，格外珍贵。一本本赠书，有着一段段过往，长存着一个个故事。

这要从我平生拥有的第一本书说起。

小时候生活清苦，哪有钱去买书。考上师范学院，有了一定生活补助的姐姐知道我的心思。9岁生日那天，姐姐竟从王府井新华书店买回一本书送给了我。那本书的定价是

0.26 元，那是她从伙食费里节省出的钱啊！

我平生拥有了第一本书：诗集《回声》，作者金波。

当年的我，一个刚满 9 岁的小学生，哪懂什么是诗啊。然而，当我翻开这本绿色封面的小书时，一下被吸引住了——

这里还有一位小伙伴，

他整天在山谷里奔跑，

多少次我想见他一面，

只因山深林密找不到。

可是我唱山歌，

他也跟着唱山歌；

我吹口哨，

他也跟着吹口哨。

……

如果你想知道他的名字，

你就向群山问一句：

叫你"回声"好不好？

他准会答应一句——"好！"

留恋的
张望

多美的意境，多纯的童心啊！除了这首《回声》，我至今仍能记得的还有《林中的鸟声》《雨后》《卢沟桥的狮子》《走过高门楼》等，那首脍炙人口的《怎样做时间的主人》，我还在小学新年晚会上朗诵过。《在老师身边》谱写成歌曲后，当年的小学生们哪个没唱过？

　　自从踏进学校的门槛

　　我们就生活在老师的身边

　　从一个爱哭的孩子

　　变成了一个有知识的少年

　　……

这优美的诗句陶冶了我的情操，这难忘的歌声伴着我长大成人。我心中印上了一个神圣的名字——金波。后来读了一本又一本的文学书籍，《回声》却真的像那山谷间的回声，绵绵不绝地刻录在我知识宝库的"内存"里。

我的外甥上小学后，我郑重地把《回声》送给他；他考上大学后，又把这本书包上新书皮，传给了刚刚跨入小学校门的我的小侄儿……就这样，一本小书传了50年，终于"失传"了——我怎么也找不到它了。晚辈们看我失落的样子，纷纷去书店买、去网上淘，可他们把一大摞金波先生的诗集抱给我时，却仍不见《回声》的踪影。

《回声》，《回声》，你去哪儿了？

后来我做了报纸副刊编辑，认识了金波老师。一次，我给老诗人寄样报，附信中顺便提及我与《回声》这本诗集的渊源。不承想，几天后我竟收到了金波老师的邮件，急忙拆开一看，啊，一本绿色封面的诗集——《回声》！原来，老诗人把他保存至今唯一的一本样书，寄给了我。他在给我的附信中写道，"培禹，希望那本诗的小册子，带给你美好的童年记忆，并对我以后的作品给予指正。金波"。

我抑制着自己的激动给他回信："金波老师您好！寄我的

留恋的
张望

作者和自己的偶像、
著名诗人金波合影

书收到了，望着《回声》，我竟激动了好一会儿。这是我人
生文学的底色，一生享用的美的滋养。像我一样的受益者都
会感谢您的！望您多多保重身体，晚年无比幸福！培禹。"

　　金波先生的晚年是幸福的，也是忙碌的，这从我们时而
读到的他发表在报刊上的散文、诗歌等便能感受到。他的散
文堪称美文，他的儿童诗还是那么意境优美、童趣满满，给
人惊喜。2018 年，中国少年儿童出版社决定编选出版一套
"金波 60 年儿童诗选"。我接到了他的"求援"信，希望我
把《回声》这本书"借"他用一下。我是抱着与自己心爱的
诗集《回声》"告别"的心情，给这本小书的绿色封面以及
写有作者赠言的扉页拍了照片，然后依依难舍地用挂号信

金波（左）与著名学者钱理群对话"儿童诗与儿童文学创作"
施亮摄影

给金波老师寄了回去。几个月后，我收到了金波老师的赠书：3卷本装帧精美的诗集，分别是《白天鹅之歌》《萤火虫之歌》和《红蜻蜓之歌》。在诗集的扉页上，老诗人特意用毛笔题写了"培禹先生指正 金波"，还盖上了一枚大红名章。我知道，在这"仪式感"的后面，是金波先生对他的老友、好友们的一片深情！不久，又一件邮件寄到了——金波老师把那本唯一的《回声》，寄还给了我。他笑称："完璧归赵"了。

留恋的
张望

有趣的是，我和金波老师"友人书"的故事，竟绵延了下去。几年前，我的外孙居宝盆出生了，我特别喜爱这个小帅哥，随着他一天天长大，我时常在微信朋友圈晒晒小宝盆儿可爱的样子。有苗不愁长，转眼宝盆儿6岁了，马上要去朝阳师范附小报到了。我把他在"学前班"参加全国朗诵比赛获奖的视频发到朋友圈，祝他成为一名小学生后学习进步，快乐成长。几天后，我接到了金波先生快递过来的邮包，打开一看，这次不是给我的，而是给我家小学生宝盆儿的。4本精美的童书，每本扉页上都有他的题字："送给居铂程小朋友金波爷爷赠。"

居铂程是小外孙居宝盆的大名，金波先生是怎么知道的呢?

杨筱怀

失去是一次苦涩的落潮

失去是永远不再得到

这是我写的一首诗《失去》的开头两句。得知筱怀走了，我一时什么话也说不出来，只觉得心里一阵阵发紧。失去的真真切切的感觉，就是永远不能再得到了，筱怀走了，我们都尝到了失去的悲哀。

失去

——写给筱怀

失去是一次苦涩的落潮

失去是永远不再得到

　　这是我写的一首诗《失去》的开头两句。那天，临近中午，我办公室的电话和身上的手机几乎同时告诉我一个令人震惊的噩耗："筱怀出车祸了，人已经没了，就在昨天……"接着，话筒那边传来抽泣声。手机短信已存了好几条了："筱怀走了，很惨，太不幸了……"我一时什么话也说不出来，只觉得心里一阵阵发紧。晚上，荣起、月明、朱晴大姐、宗燕、梁大师、海丹、储银等我们这些团结在筱怀身边或者说被筱怀招呼在他麾下的《中华儿女》的老作者，不约而同地互通着电话，我们是在用这种方式相互慰藉，排遣着各自心中的悲痛啊！当时都说了些什么已记不住了，但我心里涌出的这两句诗，记得我向朋友们读过。我说，失去的真真切切的感觉，就是永远不能再得到了，筱怀走了，我们都尝到了失去的悲哀。

在向筱怀兄（其实他比我还小一岁，但我和不少比他岁数大的朋友却一直视他为可信任、可依托的兄长）的遗体做最后的告别时，我默诵着这几句心里话，泪水早已掩饰不住地流淌下来——

失去是铅重的心忽地悬起

失去是晚风吹累了的螺号

失去是解脱来得过于突然

失去是倦旅中有了意外的歇脚

……

留恋的
张望

筱怀啊，相信熟悉你的人，都会认同我的感觉。自从《中华儿女》创办，十几年来，你一直疲于奔命，何尝有过歇脚的时候！你的精力总是那么充沛，你的话语总是那么感染着我们，你在一年一度的作者笔会上的那句口头禅："明年……"我们真的还没听够啊！可你，却匆匆地不辞而别，你是要从工作的重压下解脱吗？你是要在疲惫的人生旅途中做一次歇脚吗？

我和筱怀相识在十几年前。那时，《中华儿女》刚刚创刊，我到团中央《辅导员》杂志去找我的好友——作家施亮。他二话不说，把我拉到了杨筱怀面前。从此，我多了一个令我敬重、视为挚友的兄长。很快，我应筱怀之邀，拿来了给《中华儿女》杂志的第一篇稿件《当镇长的作家浩然》。后来筱怀告诉我，他读后十分感动，立即拿给王维玲总编，王总作为一位资深的著名编辑，同样很看重这篇报告文学。文章在《中华儿女》国内版和海外版同时刊出后，一次我见到筱怀，他对这篇文章还是称赞，那情绪真是感染了我。这以后，王总和筱怀在不少场合多次提及这篇文章，给了我过多的褒奖。

其实，筱怀对每一个作者都是这样真诚以待，一腔热血。

与杂志社联系的许多勤奋多产的作家相比，我是属于惰性十足的一个，尤其是近年来，给《中华儿女》写稿不多，好稿就更少了。可筱怀始终把我列入骨干作者队伍中，几乎杂志社组织的作家笔会和较重要的活动，都不忘邀我参加。有时我甚至想，编辑部的年轻同志会不会埋怨他们的社长：这老李是谁呀？他和杨社长是什么关系啊？

什么关系？工作关系。筱怀与那么多作家、各界作者都成了好朋友，而且相交甚深，原因就是他能够一切从《中华儿女》的发展大局出发，真诚、宽容，他把杂志社的事业当作生命，除了办好《中华儿女》，他别无所求。自从我写了浩然的稿子，筱怀对著名作家浩然由衷地敬佩，他认为，浩然这样一个有着独特经历的作家，无疑是一座富矿。他一次次地通过我向老作家表示关怀，并真诚邀请他加入杂志社的编委会。2000年初，浩然又一次出现脑出血，他得知后再也沉不住气了，约我一定要去看望浩然。龙年春节前的一天，筱怀一早就到报社来接我，然后我们直奔河北三河。那是一个难忘的艳阳天，在浩然和老伴刚刚入住的一栋两层别墅里，我们高兴地聊着，聊创作、聊生活，聊《中华儿女》的远大规划，聊《浩然文集》的出版发行。浩然由于还处在

留恋的
张望

恢复期，他的话少，我和筱怀的话多，浩然多是眯着眼睛微笑着听着。筱怀带来了一瓶他保存多年的高档红酒和香港中华儿女出版社出版的新书送给浩然。临近中午，让我完全没有想到的是，浩然老师竟提议说："我们去段甲岭吧，在那我请你们吃正宗的京东肉饼。"于是我们欢笑着坐进了浩然的奥迪车，同车前往段甲岭镇——那是当年浩然挂职当镇长的地方。

2000年这个暖暖的冬日，是多么令人难忘啊，那是我见到的筱怀最轻松愉快的一天。

筱怀与浩然依依惜别时，浩然答应，待他身体恢复能动笔时，他要把"文革"期间的一些亲身经历，真实地写出来，比如他与江青、他去西沙以及他从未披露过的一些重要信件、资料等。当然，他会交给《中华儿女》这本他信任的刊物。

说起筱怀与作者之间的真挚情感，不能不提到《李雪健的真情报告》(载2002年第4期《中华儿女》)这篇打动了无数读者的优秀作品。这篇文章的作者是于海丹——李雪健的妻子。海丹在《旅游》杂志做编辑，爱好写作且文笔不错，她也是《中华儿女》聘任的专栏作者，可近年来由于忙一直没有给《中华儿女》写稿。筱怀却非常理解，没有丝毫的生分，他一直关注着雪健的事业，曾多次让我转达他的问候，并常说："海丹能写，她要是亲自写一写雪健，准是一篇好稿子。"特别是 2000 年雪健患病后，他非常焦急，一时联系不上雪健和海丹，他给我打来电话，当得知雪健已经得到很好的治疗，正在逐渐恢复时，他长出了一口气。以后，只要见到我，必先问起雪健和海丹。

一年过去了，冬去春来。雪健身体痊愈，已接拍新的影片了。经过这一段特殊的日子，海丹终于拿起了笔，她饱蘸真情，一气呵成，写出了一万多字的《雪健这一年》。这是我读到的最感人的一篇文章，是散文也是报告文学，我觉得体裁和形式已不重要了，这是一篇人间真善美的大颂篇！作为他们夫妇多年的挚友，在阅读此文的初稿时，我几乎是强忍着不让泪水掉到稿纸上。好一会儿，海丹问我："给哪儿发合适？"然后我们几乎是同时说出了这 4 个字：中华儿女！海丹还无意地自语道："其实，雪健就是一个真正的中华儿女。"

雪健也完全同意："给《中华儿女》，给杨筱怀。"我们共同选出了几幅独家的照片，连同厚厚的稿件装进信封。第二

留恋的
张望

天，我径直把这个沉甸甸的大信封交到了筱怀手里。

后面的事我没有在场，是编辑部的朋友告诉我的。筱怀是在晚饭的餐桌上开始读这篇独家稿件的。在场的有编辑、作者共 5 个朋友，他们一页一页地传阅，很快都被打动了。他们忘记了吃饭，沉浸在《雪健这一年》中。筱怀的眼睛是湿润的，他连声称赞又大发感慨，当即决定不惜版面安排好此稿，并亲自执笔撰写了充满激情的"编者的话"，配发在这篇文章的后面。细心的筱怀还嘱咐发稿编辑在文尾署上"特邀编辑李培禹"，后经我本人反对才删掉。

筱怀啊，你的音容笑貌犹如昨天，你对作者的一往情深，永远地留在了朋友们的心中。你走后，我们怎么办？大家在一起时都说，没有人能替代你啊！

此时，夜已深，人已静，你在天国睡着了吗？如你还没睡下，让我把这首诗读给你听吧——

失去是一次苦涩的落潮

失去是永远不再得到

失去是铅重的心忽地悬起

失去是晚风吹累了的螺号

失去

失去是解脱来得过于突然

失去是倦旅中有了意外的歇脚

懂得失去总是来得太晚

螺号的回音已是那么飘遥

然而，有些却永远失不去——

失去了才会真的知道

写于筱怀兄离去周年之际，记忆失不去，思念失不去，泪水相伴，呜呼！

留恋的
张望

徐锡宜

　　阴雨绵绵中接到徐锡宜老师离世的消息，不禁泪如雨下！跟着徐老师走过的一幕幕浮现眼前。他是著名的作曲家、指挥家，他亲手创建了中国音协合唱联盟经典合唱团和北京日报社合唱团。在他的召唤指引下，我有幸成为这两支合唱团的团员，并甘愿为团里的排练演出奔波劳碌。十几年来的一次次演出，一次次辉煌，一次次欢乐，永生难忘！

他走了，合唱团思念如雨

阴雨绵绵中接到伍安娜老师的微信："徐锡宜已于今天下午 2 : 32 肝癌引发肾衰竭过世，我们全家会团结，坚强。"不禁泪如雨下！跟着徐老师走过的一幕幕浮现眼前。他是著名的作曲家、指挥家，他亲手创建了中国音协合唱联盟经典合唱团和北京日报社合唱团。在他的无私奉献和精心扶植下，报社合唱团已是业余团里的佼佼者，而经典团更是在全国合唱界大名鼎鼎。在他的召唤指引下，我有幸成为这两支合唱团的团员，并甘愿为团里的排练演出奔波劳碌。十几年来的一次次演出，一次次辉煌，一次次欢乐，永生难忘！

我停下脚步，躲到避雨处想给伍老师回复一下，竟不知该说什么。我按着微信痛哭表情的图案，泪水已模糊了双眼。打开两个合唱团的微信群，徐老师去世的消息已传开，一条条悼念徐指的话语、图案涌进来，悲伤的情绪一再刷屏。

我是2002年春天被同事彭晓媛拉进报社合唱团的，那时合唱团刚成立，她这个团长正在"招兵买马"。让我没想到的是，排练、指挥老师竟是创作过《十五的月亮》的总政歌舞团的著名作曲家、指挥家徐锡宜。我们跟着徐老师学识谱、练发声，真的是从哆来咪开始的。不久，我们的合唱团也有模有样了。徐老师用自己的面子，请来了马玉涛、程志、李初建等著名歌唱家为我们辅导，做示范演唱。他还亲自联系了做服装的厂家，为我们定制了与中国交响乐团合唱团一样的演出服。徐老师的理念是业余合唱团在坚持排练的同时，要多找机会演出，在实践中锻炼成长。那时，我们合唱团走进西郊的军营和部队联欢，走进门头沟的福利院慰问

留恋的
张望

老人，担当怀柔雁栖湖的颁奖演出任务，很受群众欢迎。大家快乐歌唱，也唱出了信心。在合唱团取得一定成绩的基础上，徐老师推荐我们赴无锡参加第七届中国国际合唱节。徐老师是无锡人，又是那届比赛的评委会主任。他严格遵守组委会规定，评委不能与自己有关的合唱团接触。晚上，他派人开车给我们送来了他自己掏钱买的两大箱无锡有名的水蜜桃。第二天，大家精神抖擞，发挥得不错，获得了组委会颁发的优秀奖第一名。那是北京日报社合唱团取得的第一个奖项。这样一位音乐大家，完全义务奉献，从未拿过一分钱排练费，带了我们这支业余合唱团整整 5 年！试问，如今有哪个专业作曲家、指挥家能做到呢？

徐老师从一支业余合唱团做起，他的胸怀是推动全国合唱事业的繁荣与发展。2005 年，他当选中国音协合唱联盟主席，便积极创建了专业水准的中国音协合唱联盟经典合唱团。他的精力几乎全部放在了经典合唱团的建设上，但百忙中仍然关心、关注着北京日报社合唱团的发展，欣然同意继续担任报社合唱团的艺术总监，而且他这个"总监"可不是虚的。有一年，报社合唱团参加全市合唱比赛，组委会要求各合唱团要有一首原创的行业歌曲。我们找到徐老师，他二话没说，为我们创作了一首合唱《我们是光荣的新闻工作者》。晓光作词，词写得好；徐锡宜谱曲，旋律动听；我们演唱，格外带劲。凭着这首歌曲，北京日报社合唱团夺得了全市合唱比赛的银奖。徐老师专门为我们创作、改编了一批合唱曲目，在这些歌篇的右下角，有他的笔迹："北京日报合唱团专用，勿外传。"而他，从未拿过一分钱报酬。

报社合唱团的另一任团长陈先，在微信群里披露，就在7月28日中午，她收到徐老师发来的一则微信："陈先，有一首我写的童声合唱《写在蓝天里》，曾改了大人可以唱的（版本），给了报社合唱团。请您在老团员手中找找谱子，要有赶紧微信转我，有急用。谢谢！急。"陈先很快找到这首歌，拍成照片给徐老师发了过去。29日清晨6:05，她接到了徐老师的回信"——谢陈先"。陈先说，怎么也没想到，这竟是徐老师留给我的最后3个字。有团员跟帖：这也是徐老师留给我们合唱团的最后3个字。24天后，徐老师溘然长逝。他要《写在蓝天里》"有急用"，是要交给哪个合唱团演出用吗？大家纷纷发声：徐老师，还是由我们唱吧，我们要唱您的歌，永远唱下去！

经典合唱团的微信群，也被哀痛笼罩着。

留恋的
张望

第一任团长、著名歌唱家李初建写道："在我最成熟的年龄段我失业了。这时候徐老师知道了，他立即拉我进合唱联盟当副主席，并且拉我组建首都经典合唱团，我任业务团长，之后我们就没有分开过，直到前年夏天他重新组建爱乐男声合唱团，又是用我做业务副团长。上半年我们进大学演出9场，加上音乐厅演出和春节的音乐会，还有去外地的演出，大大透支了他的体能，每周4次排练和视唱课加上时不时来客人听我们演唱，几乎像演出一场一样，又极大透支了他的生命。他真的很累！一个年近八旬的老人像青年人一样为事业奋斗，为他钟爱的男声合唱团战斗，终于到了他躺下的时候。今天我们永远分别了！徐老师去天堂了！"钢琴家高梅说："我今天一早赶到302医院，徐老师头脑特别清醒，对每一个来探望的亲朋好友都清楚认得。他念念不忘挚爱的合唱事业，惦记着爱乐男声合唱团的排练和演出，甚至还说下午一点要去合唱团讲话……临终时刻，我和徐老师的家人一起陪伴他，徐老师非常平静安详，没有痛苦。我们都想他只是又开启了一段新的旅程，在天堂里继续从事他所热爱的音乐工作，继续享受他的音乐世界！"资深媒体人杨浪写道："一支合唱队伍的高下优劣，关键在指挥。在经典团里，尽是徐指的故旧，排练之余，人情款款，宛如亲友。不过甫一排练，徐指高踞凳上，手抬乐起，那歌声随着他手的牵动缭绕升腾。在我眼中，彼时的徐指宛如乐神。作为90年代以降的中国音协合唱联盟主席，当代中国合唱的蓬勃发展必会记下他的名字。那天，在国家大剧院，他的歌手们深情唱着'想你时你在天边，想你时你在面前'。以后听到这歌声时，我会想起徐指的，我看着他成为历史。"

夜深了，阴郁的雨全然没有停歇的意思，犹如我们对徐锡宜老师绵长的思念。

我在北京日报社合唱团时，徐老师曾送给我一本他签名的歌曲集，那天正好是我的生日。后来在经典合唱团时，我得到了他亲手抄写的歌曲《心连心》的五线谱歌篇，那是他为2008年北京奥运会各国运动员进驻奥运村而创作的升旗歌。他在歌篇的下面写道："培禹：这份2008年第29届北京奥运会欢迎205个国家（地区）体育代表团进驻奥运村的仪式歌曲《心连心.heart-to-heart》手稿送您，以作留念。徐锡宜2008.8.8"徐老师还在名字旁盖上了一个红红的印章。记得我当时开玩笑说，这歌篇可珍贵了，以后是重要的文物啊！徐老师和我，还有旁观的伍安娜大姐都笑了。

留恋的
张望

然而，心碎的这一天这么早地到来了，徐老师潇洒地转身，抛下我们又去创建天堂合唱团了……

2017 年 8 月 26 日晨，身在贵州，不能去八宝山为徐老师送行。遥望北京，培禹躬身，向敬爱的徐老师默哀！

想念一个人
（代后记）

《留恋的张望——副刊主编与文化名家》终于和读者见面了，我在释然、欣慰之时，格外想念一个人，他就是我中学时代的高中语文老师赵庆培。

赵老师时任北京二中语文教研组组长，毕业于北京师范大学中文系，他学识渊博，性情率真，讲课时常有独到见解，可谓魅力四射。当年中央人民广播电台有一档名牌栏目《阅读与欣赏》，赵老师就是这个栏目的经年撰稿人。他的系列文章后来被人民文学出版社结集出版，影响很大。他也是那首家喻户晓的儿歌"柳条儿青，柳条儿弯，／柳树种在小河边。／折枝柳条儿做柳哨，／吹支小曲唱春天"的作者。我常去赵老师家"求教"，师母满颖也不烦我，有时到了饭口儿，就添双筷子，留我在她家吃饭。赵老师和我聊的全都是课本外的文学知识，比如《尚书·舜典》云，"诗言志，歌永言，声依永，律和声"，我是第一次知道。他高声朗诵南宋朱熹的"半亩方塘一鉴开，天光云影共徘徊。问渠那得清如许？为有源头活水来"后，给我讲的是"宋诗的理趣"，使我大开思路，受益多多。当代诗人中，赵老师给我讲艾青、臧克家、闻一多、郭小川、公刘、严阵、闻捷、田间等著名诗人的经典之作。一天，他递给我一本薄薄的小册子，那是人民文学出版社出版的诗集《共和国的歌》，作者是徐迟。赵老师说，一个诗人的成就，不在他写了多少，真正的诗人，一首好诗就够了。我领会他的意思，回到家一首一首地"品读"起徐迟的诗来，越读越佩服赵老师的眼光。可以说，徐迟先生的这本诗集，对我后来的诗歌创作很有教益。

说个小例子吧。诗集中有一首短诗，仅有两段八行，是赞美云南的少数民族彝族的一个分支撒尼人的。顺便说个小知识：撒尼不能称为族，它只是彝族的一个分支，像摩梭人只是纳西族的一个分支一样，撒尼、摩梭都不能称为族。少数民族中，彝族的分支比较多，比如还有阿细人，也是属于彝族的。"阿细跳月"就是彝族阿细人创作的优美诗篇。徐迟先生赞美撒尼人的勤劳勇敢、艺术睿智，他是怎么写的呢？我们来读一下这首《撒尼人》——

云南的撒尼人人口不多，

他们可有两万多音乐家，

还有两万多舞蹈家，

还有两万多诗人。

他们有两万多农民，

还有两万多牧羊人，

可不要以为他们有十万人，

他们的人口只是两万多。

真是绝妙！后来我在新疆西部边陲采访只有一个员工的加油站时，不禁联想起徐迟的这首小诗，便套用了先生的创意。这首发表在《光明日报》上的叙事诗《雄鸡尾上的加油站》，最后一段是这样的——

加油员保洁工歌唱家翻译还有经理，

留恋的
张望

"玉山·衣沙克"是他们的名字。

你很可能以为小站有好几位员工，

错了，这里只有一位柯尔克孜族兄弟！

如果拿掉这层意思，就会失色很多，缺少诗意了。

赵老师是影响我一生的人。很长一个时期，我遇到过较大的坎坷，工作、生活都跌到谷底，赵老师看出我万念俱灰，怕我有轻生的念头，严厉地对我说："李培禹你记住，这辈子不枪毙不死！"后来，在一次笔会上，我把这段经历讲给作家刘恒。不久，我和刘恒通电话，他告诉我，电视台的记者来采访，问他：贫嘴张大民"贫"了那么多话，你认为哪一句最有水平、最精彩？他说，是你老师讲的那句"这辈子不枪毙不死"！我们都乐了。原来，他把这话写进他的小说和电视剧里去了。

赵老师一直关注我的文学写作，他在街道的阅报栏看到了我写"西部歌王"王洛宾的人物散文《留恋的张望》，便兴冲冲地打来电话，鼓励我说，你在人物散文创作方面有自己独到的地方，今后要多写，很可能这方面的成就，会超过你的小说、诗歌创作。写多了出本人物散文集子，肯定会有读者喜欢的。别忘了，到时把样书寄我，我要当你的第一读者啊！

疫情来了，阻断了我去看望赵老师的路。疫情封控稍缓，我下决心去他养老所在的泰康燕园看他，赵老师特别高兴，在电话里反复告诉我行车路线，生怕我找不到。路上，师母满颖电话告诉我，赵老师已去小区门口接我了。那天偏偏路上堵车，我刚到泰康燕园，就看到坐在路边石凳上等了好久的赵老师，他已替我办理完登记手续，大声叫着我的名字：李培禹，不用排队了，直接开进来。

这就是已年过八旬的我的中学老师啊，恩师！

没想到，那竟是我们的最后一次见面。2023年1月17日上午10时，赵庆培老师在朝阳医院不幸病逝，享年85岁。我大哭一场，他生前的嘱托字字敲击着我的心：出本人物散文集要抓紧了，那是你的强项，我等着你给我送新书的那一天。

如今，《留恋的张望》即将由人民日报出版社出版发行，天堂安息的赵老师一定会欣慰的。我以此书祭恩师！

还有几句心里话要说，本书中所写的人物，都是我的好友、挚友、师友，他们中有的已驾鹤西去，我在此向他们深

留恋的
张望

鞠一躬，深切地缅怀他们。

书名援用了集子中的一篇文章《留恋的张望》，这是我的文学好友，《解放日报》文艺部主任、著名作家伍佰下给取的，感谢、感念伍兄！

2025 年初春，作者于大兴小院"绿茵雨斋"